译文经典

巴黎伦敦落魄记
Down and Out in Paris and London

George Orwell

〔英〕乔治·奥威尔 著

陈超 译

上海译文出版社

第一章

　　巴黎，金鸡大街，早上七点钟。街上传来几声愤怒又略带气哽的尖叫。在我住的地方对面经营一家小旅馆的蒙西太太走到人行道上，和住在三楼的一个房客吵架。她光着脚丫，趿着一双木屐，披散着一头灰发。

　　蒙西太太骂道："臭婊子！臭婊子！我告诉过你多少次了，不要把虫子碾死在墙纸上。你以为你把整个旅馆买下来了吗？你怎么就不能和别人一样把它们扔出窗外呢？他妈的，你这个贱货！"

　　住在三楼的女人回了一句："母牛！"

　　接着，两人闹哄哄地吵了起来。街道两边的窗户都打开了，半条街的人加入了争吵之中，一直吵了十分钟，然后戛然而止，因为有一队骑兵经过，大家都停了下来，观望着他们。

　　我将这一幕情景记录下来，为的是让读者了解金鸡大街的风貌。虽然这里发生的事情不单单只有吵架——不过，几乎每天早上这样的争吵起码得发生一次以上。除了吵架，还有街头小贩落寞的叫卖声和小孩子们在鹅卵石街道上追逐橘子皮的戏耍声。到了晚上则响起高昂的歌唱声，垃圾车经过时留下一股恶臭，这就是整条街的风貌。

这条街很窄——两边都是高耸肮脏的房屋，东倒西歪地堆在那儿，似乎在倒塌的时候被冻结住了。所有的房子都开设成小旅馆，住满了房客，大部分是波兰人、阿拉伯人和意大利人。旅馆楼下是小酒馆，花一先令就可以喝得酩酊大醉。到了星期六晚上，这一区有三分之一的男人会喝醉，为了女人大打出手。那些住在最便宜的旅馆里的阿拉伯搬运工人总是在窝里斗，拿着椅子互殴，有时还动用了手枪。到了晚上，警察得两人同行才敢到这一带巡逻。这地方的确不太平。不过，尽管环境肮脏嘈杂，这里还是住了一些体面的法国人，从事小店主、面包师和洗衣女工这样的工作。他们只与自己人来往，安分地积攒着一点一滴的财富。这就是典型的巴黎贫民窟。

我住的那家旅馆叫"三雀旅馆"，有五层楼高，采光阴暗，几乎摇摇欲坠，用木板隔出了四十个房间。房间很狭小，而且终年没有打扫，因为旅馆里没有女工，而女房东 F 太太根本没有空闲。墙壁差不多和火柴棍一样薄，为了遮掩上面的裂缝，贴了一层又一层的粉红色墙纸，都已经松动了，孕育了不计其数的臭虫。天花板上，整天都有一列列的臭虫就像士兵列队行进一样爬来爬去，到了晚上就会下来饕餮一餐。于是，房客们每几个小时就得醒来，大肆屠戮。有时臭虫实在太猖獗了，房客们就会用硫烟将它们赶到隔壁房间，而隔壁房间的房客也会点燃硫烟进行反击，把臭虫们给赶回去。这地方很脏，却很有家的感觉，因为 F 太太和她的丈夫都是好人。房间的租金一周从三十到五十法郎不等。

房客的数量总是在变动，大部分是外国人，他们空手而来，身上没有一件行李，住上一个礼拜，然后就走了。他们的职业五花八门——补鞋匠、砌砖工、石匠、搬运工、学生、妓女和捡破烂的。他们当中有的穷得叮当响。阁楼的一个房间里住着一位保加利亚学生，靠做鞋子出口到美国维持生计。每天从早上六点到中午十二点，他就坐在床上做完十二双鞋子，挣到三十五法郎。其余的时间他到索邦神学院上课，准备进教堂服务，那些神学著作封面朝下堆在满是皮革的地板上。另一个房间住着一个俄国女人和她的儿子，他自称是个画家。母亲每天工作十六个小时织袜子，一只袜子挣两毛五。而儿子则穿得衣冠楚楚，整天流连于蒙帕纳斯区的咖啡厅。有一个房间租给了两个房客，一个上日班，另一个上夜班。有一个房间租给了一个鳏夫，和他两个成年的女儿睡同一张床，而那两个女儿偏偏又长得楚楚动人。

旅馆里住了一些怪人。巴黎的贫民窟是怪人集中地——这些人破落潦倒，过着孤独癫狂的生活，连维持外表的正常或体面都顾不上了。由于生活穷苦，他们的行为标准无法以常理判断，就像人们一有钱就可以不用工作一样。我住的这家旅馆有几个房客过着光怪陆离的生活，几乎无法用言语加以描述。

就以罗吉尔夫妇为例吧。这对老夫老妻个头奇矮，有如侏儒，衣衫褴褛，从事着奇怪的买卖。他们总是在圣米歇尔大街兜售明信片，其中颇有猫腻：这些明信片的包装看上去像春宫图，但其实只是卢瓦尔河畔城堡的照片。等顾客们发现货不对板时已经太晚了，因此也就没有人抱怨。罗吉尔夫妇一周挣一百法郎，生活非常节约，虽然没办法吃上饱饭，却能有钱买酒喝个半醉。他们的房间脏得连楼下都闻得到臭气——据 F 太太所说，罗吉尔夫妇两人已经有四年没有换衣服了。

我们再说说下水道工人亨利吧。亨利身材很高，性情忧郁，长着一头鬈发，穿着他那双长靴看上去颇为风流倜傥。亨利的特别之处在于，除了上班以外他可以好几天不说话。一年前他还是个待遇不错的私人司机，能攒点钱。有一次他谈恋爱了，后来那个女孩甩了他，他按捺不住性子，对她拳打脚踢，而那个女孩居然因为这样而疯狂爱上了他。两人同居了半个月，亨利攒下来的一千法郎被挥霍一空。后来那个女孩和别人勾搭上了，亨利用刀子刺伤了她的上臂，被判入狱半年。那个女孩被刺伤后反而更爱亨利了，两人重归于好，商量好等亨利坐完牢出来就买一辆出租车，然后结婚安定下来。但半个月后，那个女孩再次红杏出墙，等亨利坐完牢出来她已经怀孕了。这一次亨利没有伤害她。他把自己的储蓄全部提了出来，喝得昏天暗地，最后被判入狱一个月，出狱后他成为了下水道工人。无论发生什么事情亨利都不开口说话。如果你问他为什么会成为下水道工人，他从不作答，只是伸出双手，表示自己戴过手铐，然后朝南边监狱的方向仰了仰头。不幸似乎让他在一天之内变成了半个白痴。

还有英国人 R 君。他一年有六个月和父母在普特尼住，另外六个月在法国住。住在法国的时候他每天喝四升红酒，星期六喝六升。有一次他曾远赴亚速尔群岛，因为那里的红酒是全欧洲最便宜的。他是个温和的宅男，从不喧闹或和别人争吵，却从未酒醒。他总是在床上躺到日上三竿，然后在小酒馆的角落里一直坐到午夜，安安静静地喝着酒，一边喝一边说话，谈吐很文雅，又有点娘娘腔，谈论的内容都是关于古典家具。除了我之外，这一区就只有 R 君这个英国人。

像这样的怪人还有很多：朱尔斯先生是罗马尼亚人，他有一只玻璃假眼，但从不承认这一点。还有利穆赞石匠福雷克斯、守财奴罗克尔——他在我来之前就去世了——但卖破烂的老劳伦总是随身口袋里携带一张纸条，在模仿他的签名。要是有时间的话，写写他们的生平会很好玩。我之所以描写住在这一区的房客并不单单是为了好玩，而是因为他们都是故事的一部分。我要描写的是穷人的生活，在这个贫民窟我第一次接触到了贫穷。贫民窟的生活肮脏不堪、离奇古怪，这些描写既是贫穷的客观写照，又是我个人经历的背景。正是基于这一点，我希望能让读者了解那里的生活究竟是什么样子的。

第二章

贫民窟的生活是什么样子呢？比方说吧，在我们"三雀旅馆"楼下有一间小酒馆。房间很狭小，铺了地砖，一半陷在地下，摆着几张被红酒浸泡过的桌子，挂着一幅葬礼的绘画，铭文是"死亡的颂歌"，束着红腰带的工人拿着折叠小刀切香肠大快朵颐。F太太是个来自奥弗涅的农妇，长得像头倔强的奶牛，整天喝着马拉加酒，说是"要治胃病"。大家玩着骰子拿开胃酒作赌注，高唱着民歌《草莓和覆盆子》和《玛德隆》——玛德隆这个女人曾说过："我爱着整支部队，怎么能嫁给一个士兵？"甚至公然就在大庭广众下狎戏亲热。到了晚上，旅馆一半的房客聚在小酒馆里，要是在伦敦能找到一间酒馆有这里三四成的热闹开心就好了。

在小酒馆里你可以听到有趣的对话。比方说，这里有一个怪人查理，他说话就很有趣。

查理是个年轻人，受过教育，从家里搬了出来，家里人时不时会给他寄钱，他就靠这个生活。他很年轻，脸色红润，长着一头柔软的棕发，就像一个小男孩，还长着一张鲜红湿润的樱桃小口。他的脚很小，胳膊很短，双手就像婴儿的手一样胖嘟嘟的。他说话的时候总是手舞足蹈，似乎太高兴雀跃了，一刻也无法让自己消停。现在是下午三点钟，小酒馆里只有 F 太太和一两个失业的房客，但查理并不在乎说话的对象是谁，只要能让他倾吐心声就够了。他说起话来就像站在路障上的演说家，一连串单词从他的舌尖蹦了出来，两只短短的胳膊挥舞不停，那双小眼睛就像小猪的眼睛一样闪烁着激动的光芒——说实话，那副尊容实在难以恭维。

他正在谈论爱情，他最喜欢的话题。

"啊，爱情，啊，爱情！啊，曾经辜负过我一番爱意的女人！哎，先生们，女士们，这辈子我就栽在女人手上，沦为万劫不复之身。二十二岁的时候我就已经注定要毁灭。但我学会了很多事情，度量了智慧的深渊！能拥有真正的智慧是一件多么奇妙的事情，让你成为最具品位的有教养的绅士，变得文雅而邪恶。"等等等等。

"女士们，先生们，我能感觉得到你们都很伤心。啊，这没有什么，生命是美好的——你们不必难过。要开心一点，我恳求你们！

"满斟萨摩斯岛的美酒，

我们不会像他们那样沉沦！①

"生命多么美好！女士们，先生们，我将以我的经历向你们阐述爱的真谛。我会向你们解释什么才是真正的爱情——什么是真正的情感，更为高尚微妙的欢娱，只有绅士才能理解。我将告诉你们我生命中最快乐的一天。呜呼哀哉，但快乐对我来说已经一去不复返，再也不会回来——没有半丁点儿希望，连追求快乐的欲望也消逝了。

"听我说，那是两年前的事情了。我哥哥就在巴黎——他是个律师——我爸妈叫他来找我，带我出去吃顿饭。我们两兄弟总是处不到一块，但我们不想忤逆爸妈。我们一起吃了饭，他喝了三瓶波尔多红酒，醉得很厉害。我送他回酒店，路上买了一瓶白兰地，等我们到了酒店的时候，我让他喝了满满一杯白兰地——告诉他那是醒酒药。他喝了下去，立刻烂醉如泥。我把他抬了起来，背靠着床，然后搜他的口袋，找到一千一百法郎。我拿了钱立刻跑到楼下，拦了一辆的士，逃之夭夭。我哥哥不知道我住哪儿——不能拿我怎么着。

"有了钱男人会去哪儿？当然是逛窑子了。但你以为我会把钱浪费在那些只有苦力工人才会去的烟街柳巷吗？去他

---

① 此句出自英国诗人乔治·戈登·拜伦（George Gordon Byron，1788—1824）的长诗《唐璜》。

妈的，我可是斯文人！你们知道吗？我挑剔得很，尤其口袋里有了一千法郎。到了午夜我才找到要去的地方。我遇到一个帅气的年轻人，大概十八岁，衣冠楚楚，理着美国式的发型。我们去了一间远离马路的小酒馆聊天，彼此心照不宣。我们聊这聊那，探讨怎么找点乐子。过了一会儿我们叫了辆的士，开车离开了。

"的士在一条狭窄偏僻的小巷口停了下来，只有巷尾一盏煤气街灯还亮着。石头缝里沾满了黑泥，旁边是一间女修道院的高墙。他领着我走到一座窗户紧闭的高大破屋那里，敲了几下门。里面传来了脚步声和门闩的转动声。那扇门开了一道缝，一只手搭在门沿上。那只大手弯曲着，直接将掌心伸到我们的鼻子底下要钱。

"那个向导把脚伸进那扇门和台阶之间。'你开价多少？'他问道。

"'一千法郎。'那是一个女人的声音，'一次付清，否则别想进来。'

"我把一千法郎放在那只手上，把剩下的一百法郎给了那个向导。他道了晚安然后离开了。我听到里面在数钱，然后一个穿着一袭黑裙的干瘦老太婆探出头来，狐疑地打量了我一下，然后才开门让我进去。里面很黑，只有一盏煤油灯照亮了一堵石膏墙的一小块地方，其他地方显得更加昏暗，除此之外我什么也看不见，只闻到老鼠和尘土的味道。那个老太婆什么也没说，就着煤油灯点着了一根蜡烛，然后蹒跚着脚步走在我前面，领着我穿过一条石砌的走廊，来到一条石阶的上头。

"她说道：'喏，下去里面的地窖，你想干什么都行。我什么也看不见，听不见，什么也不知道。你可以为所欲为，你懂的——想做什么都可以。'

"哈，各位先生，让我告诉你们——暴力——你们知道何谓暴力吗？——那种战栗的感觉，一半是恐惧而另一半是快乐，在这时流遍你的全身。我摸索着走了下去。我可以听到自己的呼吸声和鞋子摩擦石板的声音，除此之外四周一片寂静。在石阶的底部我的手摸到了一个电开关，将它打开，一盏有十二个红色灯泡的吊灯照亮了地窖。我定睛一看，原来我不是在地窖里，而是走进了一间卧室，一间宽敞华丽的卧室，从天花板到地板都涂成了鲜红的颜色。女士们，先生们，想象一下那幅情景吧！地板上铺着红地毯，墙上贴着红色的墙纸，椅子上挂着红色的长毛绒，连天花板也是红色的，到处都是红色的，侵蚀着我的视野。那种红色沉重得令人窒息，似乎光线是从盛着鲜血的玻璃碗里透出来的。卧室的一角摆着一张方形的大床，被褥也是红色的，上面躺着一个女孩，穿着一袭红色天鹅绒裙子。看到我进来，她缩成一团，想把膝盖藏在短短的裙摆下面。

"我在门口停下脚步，对她说道：'过来，我的宝贝。'

"然后我一步跨到床边,她惊叫一声,想躲开我,但我掐住她的喉咙——就像这样,看到了吗?——紧紧掐住不放!她拼命挣扎,开始大声求饶,但我紧紧地掐着她,把她的头往后扳,俯视着她的脸。她大概二十岁,长着一张弱智小孩那样的大笨脸,涂着厚厚的胭脂水粉。在红色灯光衬托下,那双傻乎乎的蓝色眼眸流露出恐惧和绝望。不用说,她一定是个农家女孩,被父母卖身沦为奴隶。

"我什么也没说,将她拖下床,摁倒在地板上,然后一记饿虎扑食压在她身上!啊,那种感觉实在是太爽了!女士们,先生们,我要告诉你们的就是这个,这就是爱情!这才是真正的爱情,世界上就只有这种感觉值得追求。这种感觉令所有的艺术和理念、所有的哲学和信念、所有的修饰和情操都有如死灰一般苍白无谓。当一个人体验过爱情——真正的爱情后,这个世界上还有什么快乐可言呢?

"我继续折磨着她,动作越来越粗暴,那个女孩一次次地试图挣扎开来,不停地惨叫求饶,但我只是报以狞笑。

"'饶了你!'我说道,'你以为我来这儿是干吗的?你以为我付了一千法郎,然后就这么饶了你?'我向你们发誓,女士们,先生们,要不是受该死的法律约束,剥夺了我们的自由,我当场就把她干掉了。

"啊,她叫得那么凄楚,却没有人听得见。我们就在巴黎街道的下面,就像金字塔里法老的心脏一样安全。眼泪从那个女孩的脸上哗哗地往下流，洗掉那层脂粉，留下几行肮脏的泪痕。啊，美妙的时光一去不复返！女士们，先生们，你们从未体验过如此美妙的爱情，对你们来说，那种快感不是你们所能理解的。现在的我也已无法理解，因为我已年华不再——啊，青春年华！——美妙的生命一去不复返。一切都结束了。

"啊，是呵，时光不再——时光不再。人类的快乐是多么贫乏而令人失望！因为在现实中——但是在现实中，爱的最高境界可以维持多久呢？就只有短短的那么一刹那，大概也就是一秒钟的心醉神迷，之后呢——就像尘土一样空虚寂寥。

"就是那样，在那么短短的一瞬间，我品尝到了最快乐的滋味，人类所能感受到的最高亢美妙的快感。而就在同一刻，一切都结束了，我落得——怎样的下场？我所有的野性和激情就像玫瑰花的花瓣一样凋零了。我觉得浑身倦怠无力，冷入骨髓，充满了悔恨。我痛恨自己，甚至对地板上那个哭泣的女孩起了怜惜之情。我们总是会被这种可耻的情感作弄，真是令人作呕。我没有再去看那个女孩一眼，一心只想着离开。我沿着地窖的阶梯快步走上大街，外面很黑，冷得要命，一个人也没有，石街上回荡着我空虚寂寞的脚步声。我的钱都花光了，连叫辆出租车的钱都没有，一个人走回阴冷孤独的房间。

"听我说，女士们，先生们，这就是我要告诉你们的话。那就是爱情，那就是我生命中最快乐的一天。"

　　查理就是这样一个怪人。我讲述了他的故事，是想让你了解金鸡大街的住客们那千奇百怪的性格和品行。

第三章

我在金鸡大街住了一年半左右。一个夏日,我发现身上只剩下四百五十法郎了。除此之外,我每周教英语的薪水只有三十六法郎。在此之前我从未计划过未来,但现在我意识到自己得马上采取行动。我决定开始找工作,而且——后来发生的事情证明幸亏我这么做了——我先付了两百法郎把一个月的房租付清。剩下的二百五十法郎,还有上英语课的薪水,足够我撑一个月,这一个月我应该可以找到一份工作。我想到一家旅游公司当导游,或者当翻译也行。但是,我的运气实在不好,一份工作也找不到。

一天,旅馆里来了一个年轻的意大利人,自称是一位作曲家。他实在是令人觉得可疑,因为他留着鬓角,那是男妓或知识分子的标志。没有人知道应该把他归为哪个阶层的人。F太太不喜欢他那副模样,让他先预付一星期的房租。那个意大利人付了钱,在旅馆里住了六个晚上。这段时间里他配了几把复制钥匙,最后一个晚上洗劫了十几个房间,我的房间也难以幸免。幸运的是，他没有找到我衣服口袋里的钱，我还不至于沦落到身无分文的地步，但只剩下四十七法郎——约合七先令十便士。

这件事打乱了我找工作的打算。现在我不得不每天靠六法郎过日子，一开始的时候我很难去考虑别的事情。我挨穷的经历正式开始了——因为，就靠六法郎过日子还能不穷吗？六法郎折合一先令，如果你懂行的话，在巴黎靠一天一先令还是能活下去的，但不是一件简单的事情。

刚刚接触贫穷感觉很奇怪。在此之前你一直在幻想贫穷是什么样子——这辈子你一直在害怕挨穷，而你知道迟早你会沦为穷人，但事实上，挨穷根本不是你想象的那么一回事。你以为挨穷是很简单的事情，但其实贫穷的生活非常复杂。你以为挨穷会很痛苦，但其实挨穷只是很肮脏无聊罢了。最开始的时候你体验到的是成为穷人那种低人一等的感觉。它让你的生活方式发生了变化，而且你变得很吝啬，连面包屑也不放过。

比方说，你会发现你得为自己的穷困潦倒保密。突然间你只能靠每天六法郎过日子，但是，你当然不敢承认这一点——你不得不假装活得和以前一样。刚开始的时候，你编织出一堆谎言，一堆你根本无法自圆其说的谎言。你不再把衣服送到洗衣店去，洗衣店的女老板在街上遇见了你，追问你不再光顾的原因。你嘟囔着搪塞的理由，她认定你把衣服送到别的店里去了，从此一辈子痛恨你。香烟贩子也一直追问你怎么戒烟了。你想给别人回信，但信寄不出去，因为邮票太贵了。你还得吃饭——吃饭是最难瞒骗的。每天到了吃饭时间，你就出门假装去一间饭馆用餐，却跑到卢森堡花园待了一个小时看鸽子，然后把食物藏在口袋里偷偷带回家。你吃的东西只能是面包和人造黄油，或面包和红酒。连吃什么东西都得受制于谎言。你只能买黑麦面包，而不是普通的面包，因为黑麦面包虽然贵一些，却是圆形的，可以藏在口袋里偷偷带进旅馆。这让你每天得多花一法郎。有时为了维持体面，你得花六毛钱喝个小酒，结果只能削减食物的开支。你的内衣开始发臭，而肥皂和剃须刀片都用完了。你的头发得剪了，你试着给自己理发，却剪出个难看的发型，还是不得不到理发店里去，将一天的伙食费都搭了上去。你整天都在撒谎，而这些谎言都很费钱。

你发现一天只花六法郎是很不靠谱的事情，总是会有一些小状况发生，让你没东西吃。你花了最后八毛钱买了半升牛奶，就着煤油灯把牛奶烧开，这时一只臭虫顺着你的前臂往下爬，你用指甲弹开它，它却扑通一声掉进了牛奶里。你只能将牛奶倒掉，没得喝了。

你去面包店买一磅面包。店里的女孩正在给别的顾客切一磅面包，于是你等候着。那个女孩笨手笨脚的，切出来的面包不止一磅。"对不起，先生，"她说道："我想您不介意多给两分钱吧？"面包卖一法郎一磅，而你就只有一法郎。你想到自己也可能得多给两分钱，而你只能承认自己给不起这点钱，于是你吓坏了，下次再去面包店的时候，你总得彷徨踌躇上好几个小时才敢进去。

你去蔬果店，花一法郎买一公斤土豆。但那堆硬币里有一个是比利时硬币，店员不肯要，你只能灰溜溜地离开店铺，再也没脸进去。

你误打误撞，走进了高尚住宅区，你看到一个有钱的朋友正走过来。为了躲开他，你走进最近的一间咖啡厅。进了咖啡厅你就得要点东西，于是你花了最后的五毛钱买了一杯黑咖啡，里面还有只死苍蝇。你可以列举出上百种这种小状况，它们就是拮据生活的一部分。

你尝到了饿肚子的滋味。你吃了点面包和人造黄油果腹，出去瞎逛，在商铺窗前流连。到处都有食物在羞辱你：整头整头的死猪、一筐筐热乎乎的面包、一块块黄澄澄的牛油、一串串的香肠、堆积如山的土豆、大得像磨刀石的格鲁耶尔干酪。看到这些食物你不禁开始自怜自伤。你准备拿起一个面包然后逃跑，在他们抓住你之前就把面包囫囵吞掉。你打消了这个念头，纯粹是因为胆小怕事。

你发现贫穷还意味着无聊。当你无所事事而且饥肠辘辘时，无论你做什么事情都提不起劲来。你在床上一躺就是半天，感觉就像波德莱尔①的诗歌里所描写的"年轻的行尸走肉"。只有食物能把你唤醒。你发现当你吃了一星期面包和人造黄油后整个人憔悴不堪，就剩下肚子和几件器官还在运转。

这——你可以继续描述下去，但基本上都是一个调调——这就是一天只有六法郎的生活。在巴黎有数以千计的人过着这样的生活——穷困潦倒的画家和学生、招揽不到生意的妓女和各行各业的失业者。这里就像是贫穷的大本营。

就这样我挨了三个星期。那四十六法郎很快就花光了，我只能靠着教英语所挣的三十六法郎一周的薪水勉强度日。由于没有挨穷的经验，我花钱毫无节制，有时一整天都没钱买东西吃。这时我会卖掉几件衣服：我用小包把衣物偷偷地带出旅馆，拿到圣·吉纳维芙大街一家二手衣服店。店主是个红头发的犹太人，性情特别暴躁，看到顾客上门就会气急败坏。看到他那副模样，别人还以为我们是去他的店里搞破坏呢。他总是大声说道："下流坏子！你怎么又来了？你以为这是什么地方？是施粥处啊？"而且他开价特别低。我花了二十五先令买的帽子，差不多是全新的，他只愿意花五法郎买下来，而一双好鞋也只值五

---

① 夏尔·皮埃尔·波德莱尔(Charles Pierre Baudelaire, 1821—1867)，法国诗人，象征派诗歌先驱，代表作有《恶之花》、《巴黎的忧郁》等。

法郎，衬衣则是一法郎一件。他希望和顾客以物易物，而不是掏钱把东西买下来。而且他经常耍花招，把根本没用的东西塞到人家手里，然后假装别人已经接受了交易。有一次我看到他从一个老妇人那里接过一件挺好的大衣，往她手里塞了两个白色的台球，然后还没等她提出抗议就把她推出店外。要不是有求于他，我恨不得一拳搋扁他的鼻子，那一定会是件赏心乐事。

这三个星期过得是相当的窝囊，而更糟糕的情形显然还在后头，因为我的房租很快就要到期了。但是，情况并没有我原先所预料的那么糟糕，因为当你沦为赤贫时，你将会有一样重大发现。你会发现贫穷意味着无聊，意味着得千方百计省钱，意味着开始挨饿。但你也发现，原来贫穷可以为你带来救赎：你再也不用担心未来。从某种程度上说，你的钱越少，你的烦恼也就越少。当你有一百法郎的时候，你会担心这担心那。而当你只有三法郎时，你会满不在乎，因为三法郎可以让你活到明天，而你不会想到比明天更长远的未来。你很无聊，但你不会觉得害怕。你心里会想："再过一两天我就得挨饿了——太可怕了，不是吗？"然后，你的思绪就跳到别的事情上去了。在某种程度上，靠面包和人造黄油果腹也算得上是在服用安慰剂。

贫穷还带来另一种莫大的安慰。我相信每个身无分文的人都曾有过这种体验。那是一种释怀的感觉，几乎令人快乐，因为你知道自己终于沦落到真正落魄潦倒的地步了。你以前总是说自己会落魄潦倒——现在你真的是落魄潦倒了，而你完全可以接受。这让你少了许多烦恼。

第四章

　　一天，我的英语课突然中断了。天气越来越热，我的一个学生觉得没精神继续上课，辞退了我。另一个学生没有通知一声就搬走了，还欠我十二法郎。我身上只剩三毛钱，没有半丝烟草。有一天半的时间我既没东西吃也没烟抽，到最后我实在是饿得不行了，把剩下的衣物塞进行李箱，拿到当铺里去。这让我充阔佬的伪装彻底暴露，因为要把衣服拿出旅馆，我得征求 F 太太的同意。我记得当我询问她的时候，她是那么惊讶——我居然没偷偷地把东西搬走。在我们这一区，趁夜搬家逃避房租是司空见惯的事情。

　　那是我第一次进法国的当铺。我穿过巍峨的石门（上面当然写着"自由、平等、博爱"，在法国甚至连警察局也写了这则标语），走进一间宽敞空旷的房间，看上去就像进了一间教室，里面有一个柜台和几张长凳，有四五十个人在等候着。一个人把要当的东西放上柜台，然后坐了下来。很快职员就会估算出物品的价值，然后喊道："几号几号，五十法郎你当不当?"有时东西只值十五法郎,或十法郎,或五法郎——无论当价是多少,整个房间的人都听得清清楚楚。我走进去的时候,那个职员没好气地嚷道:"八十三号——过来!"然后吹了一声口哨,招了招手,似乎在叫一只狗过去。八十三号走到柜台前。他是个老人,留着络腮胡子,穿着一件长大衣,领口也扣上了钮扣,裤脚都磨烂了。那个职员什么也没说就把包裹推过柜台——显然,那个包裹一文不值。它掉到了地上,散了开来,原来是四条羊毛男装长裤。大家都笑得乐不可支。可怜的八十三号收拾起裤子,蹒跚着走了出去,自言自语地嘟囔着。

我当的那些衣服,连同那个行李箱,花了我二十英镑,而且很新。我以为起码值个十英镑,或五英镑(进了当铺东西就只能当四分之一的价钱),也就是二百五十或三百法郎。我就在那儿等候着,以为起码能当个两百法郎。

最后,那个职员叫了我的号码:"九十七号!"

"在。"我站了起来。

"七十法郎?"

价值十英镑的衣物就只当了七十法郎!但争辩根本没有用。我刚才见到别人试图争辩,那个职员立刻拒绝典当。我拿着钱和当票走了出去。现在除了身上穿的衣服外,我没别的衣服了——那件大衣的肘部快磨穿了,但还能当点钱,另外还有一件衬衣。后来我才得知下午去当铺的话比较好,因为那些职员都是法国人，和大多数法国人一样，他们吃了午饭后脾气会好一些，但为时已晚了。

等我回到家，F太太正在小酒馆拖地。她走上台阶和我打招呼，从她的眼神我看得出她很担心我能不能交房租。

她问道："你那些衣服当了多少钱？不是很多吧？"

"两百法郎。"我立刻回答。

"乖乖！"她惊讶地说道。"还不赖嘛。那些英国衣服一定很贵！"

我这个谎言省了我很多麻烦，奇怪的是，我居然一语中的。过了几天我真的收到了两百法郎，那是一篇新闻稿的稿费。虽然我很不情愿，但这笔钱我悉数交了房租。因此，虽然接下来几个星期我几乎快饿死了，但起码不至于流离失所。

现在我必须找到一份工作。我想起了一个朋友，他是俄罗斯籍的服务员，名叫波里斯，或许他能帮得上忙。我是在一家医院的公共病房里和他认识的，他左脚得了关节炎，正在接受治疗。他告诉过我，如果我生活上有困难可以去找他。

关于波里斯我想说几句，因为他是个很有趣的人，是我相识很久的老朋友。他大概三十五岁，块头很大，颇有军人作风，本来是个相貌堂堂的美男子，但由于生病长期卧床，变得非常臃肿。和大多数俄国难民一样，他以前的生活堪称是一场冒险。他的父母原本都是有钱人，俄国爆发革命时被杀了，他参军打完了整场俄国内战，隶属西伯利亚第二步枪兵团，照他的说法，那是俄军里最精锐的部队。战后他先是在一家毛刷厂工作，然后在雷阿勒看门，后来还干了洗碗工，最后晋升为侍者。生病前他在斯克里布酒店上班，一天光小费就有一百法郎。他的理想是当上主管，攒上五万法郎，在塞纳河右岸开一家小餐馆。

波里斯总是说那场战争是他人生中最美好的时光。当兵打仗是他的志愿，他读了许多关于军事战略和军事历史的书籍，能告诉你拿破仑、库图佐夫①、克劳塞维茨②、莫尔特克③和福熙④的所有军事理论。任何与军事有关的事情他都感兴趣。他最喜欢去蒙帕纳斯那家丁香园咖啡厅，就因为外面有一座内伊元帅⑤的塑像。后来波里斯和我有时会结伴去商业街。如果我们乘地铁去，波里斯总是会在康布罗纳站而不是商业街站下车，虽然商业街站要近一些。他喜欢康布罗

---

① 米哈伊尔·库图佐夫（Mikhail Kutuzov, 1745—1813），俄国名将，罗曼诺夫王朝陆军元帅，拿破仑远征俄国时以精妙的军事指挥挫败法军进攻。
② 卡尔·冯·克劳塞维茨（Carl von Clausewitz, 1780—1831），普鲁士王国军事理论家，其著作《战争论》为西方军事理论名篇。
③ 赫尔穆斯·冯·莫尔特克（Helmuth von Moltke, 1800—1891），普鲁士王国陆军元帅，历任总参谋长之职三十年，师从克劳塞维茨。
④ 费迪南德·福熙（Ferdinand Foch, 1851—1929），法国名将，一战期间担任法军最高指挥官。
⑤ 米歇尔·内伊（Michel Nay, 1769—1815），拿破仑一世麾下爱将，于滑铁卢一役担任左军指挥，未能及时加入主战场而导致拿破仑覆败，被俘后处以枪决。

纳将军①，在滑铁卢战役中敌人向他劝降，他的回答却是："呸！"

俄国革命留给波里斯的就只有他的军功勋章和几张兵团的老照片。他当掉了一切东西，单单保留了这些。几乎每天他都会把相片放在床上，然后谈论着里面的内容："瞧，我的朋友，你看到了吗？我就在连队的前头。都是好男儿，是吧？可不像法国的那些瘦皮猴士兵。那时我二十岁，当了上尉——不赖吧？是的，西伯利亚第二步枪兵团的上尉，我父亲曾经是个上校呢。

"啊，是的，我的朋友！这就是天意弄人！我原本是俄国军队的上尉，然后，嗖！革命爆发了——我落得身无分文。1916年的时候我还在爱德华七世酒店住了一个星期，而1920年我想在那儿当个看更的。我当过看更的、看酒窖的、扫地工、洗碗工、搬运工、厕所服务员。我以前给服务员小费，现在是服务员，等着人家给小费。

"啊，但我知道该怎么做才能像个绅士，我的朋友。我说这个可不是在自夸，前几天我在算我这辈子有过多少个情人，我算出来的数字是二百多个。是的，起码两百个以上……啊，好嘛，女人总是会回来的。谁能坚持到最后，谁

---

① 皮埃尔·雅克·艾蒂安·康布罗纳（Pierre Jacques Étienne Cambronne，1770—1842），拿破仑一世麾下爱将，曾追随拿破仑流放厄尔巴岛，后助拿破仑复辟百日王朝，于滑铁卢一役负伤被英军俘虏。

就能夺取胜利！鼓起勇气来！"等等这些话。

波里斯的性情很古怪，喜怒无常。他一直希望自己可以回到军队里，但他却当了那么久的服务员，一副点头哈腰的模样。虽然他攒下的积蓄从未超过几千法郎，却认为终有一天他能开一家自己的餐馆，变成有钱人。后来我发现，所有的服务员说话思考都是这副德性，这让他们安于当一个服务员。波里斯总是兴致勃勃地谈论着在酒店工作的日子：

"当服务员就像一场赌博，"他总是说。"你可能穷困潦倒而死，也有可能在一年之内发财。你没有工资，挣钱全靠小费——账单的十分之一，还有香槟的酒塞，拿到卖酒的公司领提成。有些人给小费可阔绰咧。比方说，马克西姆酒店的酒吧招待员一天可以挣五百法郎。旺季的时候还不止五百法郎……我自己一天挣过两百法郎。那是在比亚里茨的一间酒店，正值旺季。所有的员工，从经理到小工，每天工作二十一个小时。工作二十一小时，只有两个半小时睡觉，连轴转干了一个月。不过挺值的，一天两百法郎呐。

"你不知道什么时候会时来运转。有一次我在皇朝酒店工作，一个美国客人吃晚饭前叫我过去，要了二十四杯白兰地鸡尾酒。我用一个托盘盛了整整二十四杯端了过去。'来，伙计，'那个客人说道。'我喝十二杯，你喝十二杯，喝完后如果你能走到门口，我就给你一百法郎。'我走到了门口，他给了我一百法郎。一连六个晚上他都做了同样的事情：叫我喝十二杯鸡尾酒，然后给我一百法郎。几个月后我听说他被美国政府引渡回去了——罪名是盗用公款。你不觉得这些美国佬其实蛮不错的吗？"

我喜欢波里斯，我们在一起的时候很开心，下下棋，聊聊战争和酒店。波里斯总是劝我去当个服务员。他总是说："这种生活很适合你，等你上班了，一天挣一百法郎，找个漂亮小姐，多美啊。你说你要写书，别瞎扯了。靠写书挣钱只有一个途径：那就是和出版商的女儿结婚。但如果你刮刮胡子，你会是个优秀的服务员。你个子够高，又会说英语——这两样是当服务员的首要条件。等我这条该死的腿好了，我的朋友，如果你想找工作就来找我吧。"

现在我没钱付房租，而且饥肠辘辘，我想起了波里斯的承诺，决定立刻找他帮忙。虽然他许下过承诺，但我可没想过那么容易就当上服务员，不过我会洗盘子，他应该可以帮我找到一份在厨房洗碗的工作。他曾说过夏天的时候要当洗碗工只要开口就行。能有这么一个朋友可以依靠，我心里觉得真是踏实。

第五章

不久前波里斯给过我一个地址，在白袍街那里。他在信里只写道"最近日子过得还行"，我猜想他已经回斯克里布酒店上班，挣一天一百法郎的小费去了。我满怀希望，觉得自己以前怎么那么傻，不去找波里斯帮忙。我似乎看到自己在一间舒适的餐馆里上班，一天可以吃五顿饱饭，厨师心情愉快地唱着情歌，把鸡蛋打进煎锅里。想到很快就能挣钱了，我甚至花了两个半法郎买了一包雄鸡牌香烟。

那天早上我走到白袍街的地址，惊讶地发现这里是一条破落的后巷，和我住的那条街差不了多少。波里斯住的是整条街最肮脏的旅馆，黑漆漆的门道里飘来一股酸臭味，像泔水又像是汤汁——那是真空包装的牛肉清汤的味道，一包卖两毛五。我心里开始泛起疑虑：喝真空包装的牛肉清汤的人都穷得没饭吃，波里斯真的每天挣一百法郎吗？老板坐在门房那里，一脸乖戾地告诉我："是的，那个俄罗斯人在家——他住阁楼。"我走上六截狭窄蜿蜒的楼梯，每上一层楼，那股牛肉清汤的味道就越来越浓。我敲了敲波里斯的房门，但没有回应，于是我打开房门，走了进去。

这间房是阁楼，十英尺见方，只靠天窗采光，里面只有一张窄窄的铁架床、一张椅子和一个瘸了一条腿的洗手架。许多只臭虫排成一条 S 形的长队，缓缓地在床铺上方的墙壁爬行着。波里斯正躺在床上睡觉，身上没穿衣服，鼓胀的肚子把肮脏的被单撑起了一个小丘，胸口被臭虫咬得斑斑点点。我进去的时候他醒了，揉了揉眼睛，幽幽地惨叫一声。

"看在耶稣基督的分上！"他哀号着，"噢，看在耶稣基督的分上，我的背啊！该死的，我觉得我的背折了！"

"出什么事了？"我惊讶地问道。

"我的背折了，就是这样。我晚上一直在睡地板。噢，看在耶稣基督的分上！你根本不能理解我的背是什么感觉！"

"我亲爱的波里斯，你病了吗？"

"不是病了，只是饿了——是的，如果再这样继续下去的话，我就快饿死了。除了睡地板之外，好几个星期来我一直只靠一天两个法郎度日。太可怕了，你来得真不是时候，我的朋友。"

再问波里斯是不是还在斯克里布酒店当服务员似乎是多余的问题。我连忙跑到楼下，买了一根面包。波里斯抓住那根面包不放，一口气吃了半根，感觉好了一些，在床上坐起身，告诉了我出了什么事。出院后他找不到工作，因为他走路仍然一瘸一拐的。他花光了积蓄，当掉了所有东西，最后饿了好几天肚子。他曾在奥斯特里茨大桥下的码头露宿，睡在几口空酒桶中间，挨了一个星期。过去半个月他一直和一个犹太人机械工住在这个房间里。听他说好像是（他解释得挺复杂的）那个犹太人欠波里斯三百法郎，让他睡房间的地板，每天给他两法郎伙食费，以这种方式还债。两法郎可以买一杯咖啡和三个蛋卷。那个犹太人早上七点钟上班，波里斯就离开睡觉的地方（就在天窗底下，透风漏雨），爬到床上睡觉。就算在床上他也睡得不踏实，因为臭虫很多，但总比睡地板对他的背好一些。

我来找波里斯原本是想请他帮忙，结果他比我还惨，我觉得很失望。我告诉他我只剩下六十法郎，需要赶紧找一份工作。这时波里斯已经把剩下的半根面包也吃下去了，心情变得很愉快，话也多了起来。他漫不经心地说道：

"老天爷啊，你担心些什么呢？六十法郎——哎呀，这可是一大笔钱哪！帮我把那只鞋拿过来，我的朋友。那些臭虫再敢过来我就打死它们。"

"你觉得我有没有机会找到一份工作呢？"

"有没有机会？那是肯定的。事实上，我已经有工作了。在商业街有一间俄罗斯餐馆过几天就开张。我已经和老板谈好了，他会请我当主管。我可以帮你找份厨房里的工作，小事一桩。五百法郎一个月，包伙食——还能挣点小费，要是你运气好的话。”

“那这段时间怎么办？很快我就得交房租了。”

“噢，我们可以应付得来的。我办法多得是，很多人欠我钱，比方说吧——在巴黎到处都是。其中有一个的债务就快到期了。你再想想，我有那么多情人！你知道吗？女人总是记得她的情郎——只要我开口，她们一定会帮忙的。而且，那个犹太人告诉我，他准备从他上班的那间修车厂里偷几个磁电机出来。他愿意付我们一天五法郎把那些磁电机弄干净，他好拿去卖。光做这个就足够维持生计了。别担心，我的朋友。这个世界上没什么比挣钱更容易的了。”

“那，我们现在就出去找工作吧。”

“等等，我的朋友。我们饿不死的，你担心什么呢？这只是暂时战况不利而已——比这更糟糕的情况我经历过很多次了。我们需要做的就是坚持。记住福熙的名言：’进攻！进攻！再进攻！’”

到了中午波里斯才决定起床。现在他只剩下一件外套、一件衬衣、一个衣领和一条领带、一双快要磨破的鞋子和一双破了几个洞的袜子。他还有一件长大衣，准备在最糟糕的时候典当的。他有一个行李箱，硬纸板做成的便宜货，大概就值二十法郎，却是非常重要的东西，因为旅店的老板以为里面装满了衣物——没有这个行李箱的话他可能已经把波里斯赶出去了。其实里面装着那些军功勋章、相片、好几件稀奇古怪的玩意儿和几大摞情书。尽管沦落到这个地步，波里斯还是能打扮得很帅气。他没用肥皂，就用一把用了两个月的刮胡刀剃了胡须，打上领带，这样衬衣上的破洞就不会显露出来，还小心翼翼地往鞋底塞了些报纸。穿好衣服后，他拿出一个墨水瓶，把脚踝上袜子破了洞的地方涂黑。打扮完毕之后，你根本不会想到不久前他还在塞纳河桥底下露宿。

我们去了利沃里大街旁边的一间小咖啡厅。这地方很出名，是酒店经理和找工作的人见面的地方。咖啡厅后面有间阴暗的小房，就像一个洞穴一样，里面坐满了从事旅馆行业的工人——有年轻帅气的服务员，也有没那么帅气、看上去饿着肚子的服务员，有身材臃肿、脸色红润的厨师，也有浑身油腻腻的洗碗工，还有憔悴衰老的清洁女工。每个人面前都摆着一杯黑咖啡，但没有人去动杯子。事实上，这个地方是职业介绍所，他们花钱买喝的，权当是付给咖啡厅老板的佣金。时不时，一个看上去似乎地位很显赫的矮胖子会走进来和吧员说几句话。显然，他就是餐厅老板。然后那个吧员走到咖啡厅后面叫其中一个人去面试，但他从来没有叫波里斯或我的名字。两个小时后我们就走了，因为买一杯咖啡只能坐两个小时，这是规矩。后来我们才知道，在那里找工作的诀窍是贿赂那个吧员，但已经太晚了。要是你给得起二十法郎的话，他就能给你找份工作。

我们去了斯克里布酒店，在人行道上等了一个小时，希望经理会出来，但没有等到他。然后我们拖着步子来到商业街，却发现那间正在重新装修的餐馆已经关门了，老板也不在。现在已经是晚上了，我们已经走了十四公里的路，累得不行，只能花一个半法郎坐地铁回家。波里斯拖着他那条瘸腿，走路对他来说是一场折磨。随着时间一分一秒地过去，他的乐观情绪也渐渐变得消极颓唐。在意大利广场这一站我们出了地铁，他已经绝望了。他开始嚷嚷着"找工作根本没有用"这些话——我们走投无路了，只能去犯罪，

　　"我们去抢劫吧，总比饿肚子强，我的朋友。我经常计划抢劫。找个胖胖的美国阔佬下手——就在蒙帕纳斯大街某个阴暗的角落下手——把鹅卵石装在一只袜子里——砰！搜光他口袋里的钱，然后跑掉。你不觉得这个计划很可行吗？我可不会退缩——记住，我可是当过兵的。"

　　最后他还是决定放弃这个计划，因为我们都是外国人，很容易被认出来。

　　我们回到我的房间，又花了一个半法郎买了面包和巧克力。波里斯狼吞虎咽地把自己那份吃完，然后立刻像变戏法一样恢复了精神。食物就像一杯鸡尾酒，很快就让他振奋起来。他拿出一支铅笔，开始列出那些或许能给我们谋份差事的人的名单。他说名单里有十几个人。

　　"明天我们应该就可以找到工作了，我的朋友。运气这

东西谁也说不准。而且，我们两个都是有头脑的人——有头脑的人可不会饿死。

"人要有头脑才能成事！有头脑就能点石成金！我有个朋友，是个波兰人，一个真正的天才。你知道他以前做什么的吗？他会买一个金戒指，然后当个十五法郎。然后——你知道的，那些当铺职员写当票时都很粗心——在那个职员所写的'戒指'后面他加上了'（钻石），然后在'15'后面多加了三个零。真聪明，是吧？然后有了这张当票做担保，他就能借到一千法郎。这就是我所说的有头脑……"

那天晚上波里斯充满了希望，谈起了我们如果去尼斯或比亚里茨当服务员会过上如何逍遥快乐的日子。我们住的是精致的房间，有闲钱包养情妇。他实在累得不行，没办法走三公里路回旅馆，就在我的房间打地铺睡觉，用大衣包着鞋子垫着当枕头。

第六章

　　第二天我们还是没找到工作，直到三个星期之后我们才时来运转。我那两百法郎稿费让我暂时不用担心房租的问题，但除此之外其他的一切糟糕透顶。我和波里斯日复一日地在巴黎转悠，以每小时两英里的速度在人群中穿梭，饥肠辘辘，烦闷无聊，却一无所获。我记得有一天我们横穿塞纳河达十一次之多。我们试过在服务场所门口流连几个小时，当经理出来的时候就把帽子拿在手中，谄媚地朝他走去。我们总是得到同样的回答：他们不想招瘸子和没有经验的新手。有一次我们差点就被聘用了。和那个经理说话的时候波里斯站得非常笔挺，没有用拐杖支撑着身子。那个经理没看出他是个瘸子，说道："是的，我们的地窖需要两个帮手，你们俩可以试一试。进来吧。"然后，波里斯一走起路来就没戏了。经理说道："啊，你是个瘸子，真是不幸——"

　　我们到中介机构那里登记了名字，看到广告就去应聘，但我们去哪儿都靠走路，行动很缓慢，似乎每一份工作都因为晚到了半个小时而失之交臂。有一次我们差点就得到一份清扫火车铁轨的工作，但最后他们拒绝了我们，因为他们要请法国人。还有一次我们看到广告上招马戏团帮手，于是去应聘。你得帮忙摆凳子，打扫垃圾，还得参加表演，站在两个木桶上，让一头狮子从你双腿之间跳过去。我们比规定的时间提前一个小时到达招聘处，发现已经有五十个人在排队等候。显然，与狮共舞还是很吸引人的。

有一次，我几个月前登记过的中介机构给我寄了一张小便条，告诉我一位意大利绅士想学英语。小便条上说"机不可失"，并承诺每小时的工资是二十法郎。波里斯和我已是穷途末路，这可是个千载难逢的好机会，但我不能去应聘，因为我不可能穿着我那件手肘开裂的大衣去中介处。然后我们想到我可以穿波里斯的大衣——但我的裤子与大衣不配衬，不过那条裤子是灰色的，隔着一段距离或许人家会以为那是法兰绒料子。他那件大衣太大了，我只能不扣钮扣，一只手插在口袋里，匆匆忙忙地出发，花了七毛五坐了趟巴士到中介机构那里去。等我到了那儿，我发现那个意大利人已经改变了主意，离开了巴黎。

有一次波里斯建议我去雷阿勒，看能不能找份搬运工的工作。凌晨四点半的时候我到了那儿，工作已经干得热火朝天了。我看到一个戴着礼帽的矮胖子正在指挥几个搬运工，走过去问他要不要雇人。在回答我之前他抓住我的右手，摸了摸我的掌心。

"你体格蛮强壮的嘛。"他说道。

"非常强壮。"我撒了谎。

"那好。搬那个筐子给我看看。"

那是一口大柳条筐，装满了土豆。我紧紧抱着筐子，发现自己别说搬不动，连挪动一下都做不到。那个戴礼帽的人看着我，然后耸了耸肩膀，转身走开了。我灰溜溜地离开，走出一段距离之后我回头望去，看到四个人把那口柳条筐搬上一辆货车。或许那口柳条筐得有三英担重①。那个人看得出我干不了体力活，于是以这种方式把我赶走。

有几次波里斯满怀希望，花了五毛钱买了一张邮票，给某一位前女友写信，向她要钱。只有一个人回了信。那个女人除了是他的前女友外，还欠了他两百法郎。当波里斯看到那封信，认出了上面的字迹时，心中一下子充满了希望。我们拿着那封信，就像小孩拿着偷来的糖果一样，冲到波里斯的房间阅读信件。波里斯看完了信，什么也没说把它递给了我，信的内容如下：

"我亲爱的小冤家，

---

① 1 英担合 50.8 公斤。

当我打开你的来信时，心中是多么快乐。它让我想起了我们完美无瑕的恋爱，还有你的双唇带给我的热吻。这些回忆永远珍藏在我的心中，就像枯萎的鲜花留下的余香。

你向我追讨两百法郎，哎呀，我根本就没欠你钱！亲爱的，你无法明白当我听到你的窘境时心里有多么难受。但你能怎么办呢？生命是如此悲哀，灾祸会降临在每个人头上。我的处境也十分艰难。我妹妹一直在生病，（哎，她忍受着病痛的折磨，多么可怜！）我们还亏欠医生的诊金。我们散尽了钱财，只能勉强度日，老实对你说，日子实在是太艰难了。

勇气，我的小冤家，永远不要丧失你的勇气！记住，日子不会永远这么艰难，现在看似可怕的困难迟早都会成为过去。

请放心，亲爱的，我会一直记得你。请接受一直爱着你的她最真挚的拥抱。

你的伊温妮。"

这封信让波里斯非常失落。他径直躺倒在床上，一整天都不愿意去找工作。我那六十法郎撑了半个月。我不再假装去餐馆吃饭，我们总是躲在房间里吃东西，一个坐在床上，另一个坐在椅子上。波里斯通常掏个两法郎，我出三四法郎，买些面包、土豆、牛奶和奶酪，用我那盏汽油灯煮汤喝。我们有一口煎锅、一个咖啡碗和一把勺子。每天我们总会礼貌地谦让一番，决定谁用煎锅吃东西，谁用咖啡碗吃东西（那口煎锅装的东西多一些）。而每天波里斯总会先放弃谦让，用那口煎锅吃饭，让我心里很不爽。有时我们晚上吃面包，有时连面包也吃不到。我们的内衣臭烘烘的，我有三个星期没有洗澡了。而波里斯说他已经好几个月没有洗澡了。多亏了有烟味，我们才忍受得住自己的体臭。我们烟倒是有很多，因为不久前波里斯遇到一个当兵的（士兵们可以免费领烟），从他那儿买了二三十包烟，一包才五毛钱。

比起我来，这种生活对波里斯的折磨更大一些。老是走路和睡地板让他总是腰腿疼痛，他又是俄国人，胃口倍儿好，总是饿得慌，不过他看上去并没有消瘦。他的心情非常愉快，而且总是满怀希望，这让人实在很吃惊。他经常严肃地说自己有圣人庇佑，在山穷水尽的时候他总会跑到阴沟那里，说那位守护圣人总是会丢个两法郎的硬币在那儿。一天，我们去了皇家大道附近一家俄国餐馆，准备去那里找工作。突然波里斯决定去玛德莲教堂，花了五毛钱买了一支蜡烛，点着献给他的守护圣人。然后，他走出教堂，严肃地说他要确保万无一失，划了一根火柴，烧掉一张价值五毛钱的邮票，作为对神明的祭礼。或许是那些神明和那位圣人合不来，总之我们没有找到工作。

有时候波里斯会陷入绝望，整个人都垮了下来。他会躺在床上呜咽痛哭，咒骂着那个同住的犹太人。最近那个犹太人每天给两法郎时总是很别扭，而且还摆出一副大善人的嘴脸。波里斯说我是英国人，无法理解作为一个俄国人接受犹太人的恩惠时，内心有多么痛苦。

　　"犹太人，我的朋友，一个名副其实的犹太人！他甚至不以此为羞。一想到我是俄国军队的上尉——我告诉过你的，我的朋友，我是西伯利亚第二步枪兵团的上尉，是吧？是的，上尉，我父亲是一名上校，而现在我沦落到靠犹太人收留的地步。一个犹太人……

　　"我告诉你吧，犹太人都是些什么东西。有一次打仗的时候，那时是年初，我们行军来到一个村庄那里扎营过夜。一个又老又丑的犹太人，蓄着红色的胡须，就像加略人犹大①，偷偷摸摸地走进我的营房。我问他想干吗。他说：'这位官爷，我给您带了个小妞过来，才十七岁，貌美如花。您出个五十法郎就行。''谢了，'我说道。'你把她带到别处去吧。我可不想得病。''得病！'那个犹太人叫嚷起来，'才没有呢，这位官爷，这个您不必担心。她可是我的亲女儿！'犹太人就是这副德性。

　　"我告诉过吗，我的朋友，俄国士兵认为朝犹太人吐

---

　　① 即《圣经》中出卖耶稣的门徒。

口水是不好的行为。是的,我们认为堂堂俄国军官朝犹太人吐口水未免太便宜他们了……"诸如此类的话。

这些天来波里斯总是说自己不舒服,不愿出去找工作。他会盖着那张灰不溜秋的脏被单睡到傍晚,抽着香烟,读着旧报纸。有时我们会下下象棋。我们没有棋盘,但我们在纸上写下棋步。后来我们自己用一块硬纸板做了棋盘,拿钮扣和比利时硬币等小东西当棋子。和许多俄罗斯人一样,波里斯特别喜欢下象棋。他说下象棋的规矩就像爱情与战争的规矩一样,如果你能下好象棋,你就能搞定爱情与战争。但他还说,如果你有了一副棋盘,你就不会在意挨饿——这句话当然可不适用于我。

第七章

　　我的钱越来越少——只剩八法郎、四法郎、一法郎、两毛五。两毛五根本没有用途，因为只够买一份报纸。我们啃了几天干面包，然后，有两天半的时间我根本没有东西吃。饿肚子非常难受。有人进行节食疗法，饿三个星期肚子，甚至更长时间。他们说第四天之后节食是很愉快的事情。我不知道是不是这样，因为我从未饿肚子超过三天。或许，自愿节食和被迫饿肚子是两码事。

　　第一天我实在是懒洋洋的，不想去找工作，于是借了一根钓鱼竿去塞纳河钓鱼，拿青蝇作饵，本想钓几条鱼做顿饭吃，但是一无所获。塞纳河里有很多鲮鱼，但自从巴黎一战遭围城后它们就学精了，除了用网捕捞之外别想能抓到它们。第二天我想过当掉我的长大衣，但走到当铺实在太远了，一整天我就躺在床上，读着《神探福尔摩斯回忆录》。这就是没有东西吃的下场，饥饿会使得一个人变得浑身乏力、头脑迷糊，就像得了流感一样，似乎整个人变成了一摊水母，又似乎全身的血都被放干，取而代之的是红药水。对于饥饿，我最深刻的记忆就是整个人完全迟钝了，而且我老是会呕白沫，而且那些唾沫特别白皙黏稠，就像杜鹃鸟的口水。我不知道为什么会这样，但任何人只要饿上几天就会有所体会。

到了第三天早上，我感觉好多了。我意识到自己得马上做点什么事情，我决定去找波里斯，让他把那每天两法郎的伙食费匀给我一点儿，就一两天。我到了他家，看到波里斯怒不可遏地躺在床上。我一进屋他就气急败坏地叫嚷着。

"他拿走了，那个卑劣的贼东西！他拿走了！"

"谁拿走了什么？"我问道。

"那个犹太人！把我那两个法郎拿走了，那个狗一样的贼东西！趁我睡觉的时候洗劫了我！"

原来，昨天晚上那个犹太人拒绝付每天两法郎的欠款。两人争吵不休，最后那个犹太人同意给钱，也真的掏钱了，波里斯说，态度非常嚣张，说他是慷慨的善人，要波里斯对他感恩戴德。然后，清晨的时候趁波里斯还没有醒，他把钱偷了回去。

这可真是个打击。我觉得非常失望，因为我还以为今天可以有饭吃了，饿着肚子的时候我不该有这样的奢望。不过，令我吃惊的是，波里斯并没有因此而绝望。他在床上坐起身，点着了烟斗，思索着当下的处境。

"听我说，我的朋友，现在算是穷途末路了。我们俩就只剩两毛五，我想那个犹太人不会再每天还我两法郎了。我受不了他那副德性。你相信吗，前几天他居然带了一个女人来这里过夜，我就在地板那头睡觉。这个下流坏子！我还有件更糟糕的事情要告诉你。那个犹太人想搬出去。他欠了一星期的房租，不想付这笔钱，想把账赖在我的头上。如果那个犹太人趁夜搬走的话，那我真的是走投无路了。老板会拿走我的行李箱充当房租的。我真想操他一顿！我们得想想办法。"

"好的。但我们能怎么办？我觉得，唯一的办法就是把我们的大衣当掉，买点吃的东西。"

"就这么办。但我得先把我的东西弄出去，要是我那些相片落在别人手里，那可怎么办哪！我已经安排好了。我准备先下手为强，自己先趁夜开溜。拔寨而去——就是撤退啦，你懂的。我想这才是明智之举，是吧？"

"但亲爱的波里斯，大白天的你怎么开溜呢？你会被逮到的。"

"嗯，这当然需要策略。这儿的老板监视着那些拖欠房租的住客。他以前就被人摆过一道。他和他老婆一整天轮流守在登记台那里——这些法国人都是吝啬鬼！但我已经想好该怎么办了，有你的帮忙准行。"

我不是很想帮他，但还是问他有什么打算，他仔细地解释道：

"听好了，我们先得把我们的大衣当掉。你先回你的房间，穿上你的大衣，然后回这儿来拿我的大衣，藏在你的大衣下面偷偷带出旅馆，拿到弗朗克斯·布尔乔亚大街那家当铺。运气好的话，这两件大衣可以当个二十法郎。然后你到塞纳河边，捡些石头放在口袋里，带回来，把它们放进我的行李箱里。你懂我的意思吗？我用一份报纸把能包的东西都包起来，然后下楼问老板到最近的洗衣店怎么走。我当然会装出轻松自若的样子，你懂的。老板会以为报纸里装的只是些脏内衣罢了。要是他真的起了疑心——他总是怀疑这怀疑那的，那个下流坏子——他会进我的房间掂一掂行李箱的重量。那些石头会让他以为行李箱还是满满的。这就是策略，懂吗？然后我再回来，把其他东西藏在口袋里带走。"

"但那个行李箱怎么办？"

"噢，那个箱子？我们只能不要它了。那东西只花了我二十法郎。而且，撤退总是意味着放弃。看看拿破仑在别列津纳河①是怎么做的！整支军队他都放弃了。"

波里斯对这个计划非常满意（他称之为"兵者，诡道也"），几乎忘记了自己正在挨饿。至于这个策略的不良后

---

① 1812年11月26日—29日，拿破仑远征俄国失败，为保证军事转移顺利实现，法军抛弃了大部分辎重，强渡别列津纳河成功，避免了被俄军围歼的命运。

果——搬出去之后他就没地方睡觉了——他完全置之度外。

一开始的时候他的策略进行得很顺利。我回家拿了大衣（这一趟路几乎有九公里远，而我还没吃东西），成功地将波里斯的大衣偷运了出去。但接着出了点小岔子。当铺里的店员是个一脸阴沉婆婆妈妈的小个子——典型的法国人——不愿意接收这两件大衣，理由是它们没有包装。他说这两件衣服要么得放在旅行袋里，要么得放在纸板箱里。这让整个计划都泡汤了，因为我们根本没有能用来包装大衣的东西，而且我们俩只有两毛五，连现买一个都不行。

我回去告诉波里斯这个坏消息。他沉吟着："该死的！这下可麻烦了。嗯，不要紧，船到桥头自然直，我们可以把两件大衣放在我的行李箱里。"

"但我们怎么能在老板的眼皮底下把箱子带走？他就坐在登记处的门口。那是不可能的事情！"

"你怎么那么容易就绝望呢，我的朋友！书里面不是说英国人都有一股子蛮劲吗？鼓起勇气！我们能搞定的。"

波里斯想了一会儿，又想出了一个聪明的主意。最最麻烦的事情是如何把老板的注意力引开，五秒钟就行，这样我们就可以把行李箱偷偷运走。碰巧的是，老板有一个弱点——他喜欢运动，如果你找他聊运动，他就会说个不停。波里斯在一份旧的《小巴黎人报》上读了一篇关于自行车比赛的文章，然后勘查了楼梯的情况，走到楼下和老板攀谈。我就在楼梯的上方等候着，一只胳膊夹着两件大衣，另一只胳膊夹着那个行李箱。如果波里斯觉得时机成熟了他就会咳嗽一声。我等候着暗号，身子颤个不停，因为老板的妻子随时可能会从门对面的登记处出来，那可就完蛋了。不过，过了没多久波里斯就咳嗽了一声，我立刻穿过登记处，溜到大街上，庆幸自己的鞋子刚才没有弄出太大的动静。要是波里斯个头小一些的话计划或许就失败了，他那副大块头挡住了登记处的过道。他胆子真的很大，一直有说有笑神情自若，而且说话声那么大，掩盖了我的脚步声。等我走开后，他跟我在街角会合，然后匆忙离开。

经过这番周折，那间当铺的店员又一次拒绝接收两件大衣。他说（你可以看到，法国人就是这副德性，喜欢吹毛求疵）我没有单据作为证明，光靠身份证是不够的，我必须出示护照或印有地址的信封。波里斯倒是有很多印有地址的信封，但他的身份证过期了（为了逃税他从来不去更新身份证），因此我们不能用他的名义把大衣当掉。我们只能先回我的房间，找到必要的身份证明，然后再把大衣拿到皇家港口大街的当铺。

我让波里斯待在我的房间里，自己去了当铺。到了那儿我发现当铺的门关着，要到下午四点钟才开门。现在才一点半，我已经走了十二公里路，六十个小时没吃过东西。命运似乎在跟我开玩笑，但这个玩笑一点儿也不好玩。

接着，奇迹似乎出现了，我的好运气居然来了。我穿过布罗卡大街回家时，突然看到鹅卵石街道上有东西在闪光，定睛一看是个五苏的硬币，我扑上去，拾起硬币，匆匆回家拿了另一个五苏的硬币，凑起来买了一磅土豆。酒精炉刚好能把土豆煮个半熟，虽然没有盐，但我们狼吞虎咽，连皮也没剥就吃个精光。吃完东西我们感觉精神多了，下起了象棋，等着当铺开门。

四点钟的时候我去了当铺。我并不抱太大的希望，因为上次的衣服我才当了七十法郎，这两件装在硬纸皮行李箱的破烂大衣能值几个钱？波里斯说值二十法郎，但我觉得顶多就十个法郎，甚至才五法郎。更糟糕的是，我觉得人家可能根本不肯接收，就像上次那个可怜的八十三号。我坐在前排的长凳上，这样那个职员说五法郎时，我不会看到别人嘲笑我的嘴脸。

最后，那个职员叫了我的号。"一百一十七号！"

"在。"我站了起来。

"五十法郎？"

五十法郎几乎和上次的七十法郎一样令我吃惊。我觉得一定是那个职员把我的号码和别人的号码弄混了，那两件大衣怎么可能当得出五十法郎。我匆匆忙忙赶回家，背着手走进房间，一言不发。波里斯正在下棋，热切地抬头看着我。

"当了多少？"他问道，"什么，没有二十法郎？那不管怎么说，肯定得有十法郎吧？看在上帝的分上，五法郎——那可真是太少了。我的朋友，别告诉我只当了五法郎。如果你真的说只有五法郎，我会想自杀算了。"

我把那张五十法郎的钞票扔在桌上。波里斯面色惨白，然后跳了起来，紧紧地抓住我的手，骨头都快被他握碎了。我们跑了出去，买了面包、红酒和一块肉，给炉子添了酒精，饱餐了一顿。

吃完东西后，波里斯变得比以往更加乐观。"我跟你说过什么来着？"他说道，"打仗就得靠运气！今天早上我们只有五苏，现在呢，看看我们。我不是说过了嘛，没什么比弄钱更容易的事儿了。我想起来了，我有个朋友在丰达里大街，我们可以去找他。他坑了我四千法郎，这个下流坏子。清醒的时候他是当今世上最坏的贼人，但有趣的是，他喝醉的时候又蛮诚实的。我想晚上六点钟的时候他应该喝醉了，我们就去找他。他应该会先还个一百法郎。呸！或许他会还个两百法郎。我们出发吧！"

我们去了丰达里大街，找到那个人。他确实喝醉了，但我们没要到那一百法郎。波里斯和他一见面就在人行道上吵个不停。那个人说他可没欠波里斯一分钱，恰恰相反，是波里斯欠了他四千法郎，两人都让我评理。我根本搞不清这笔糊涂账。两人一直吵吵闹闹，先是在街上吵，然后进了一间小酒馆继续吵，然后我们去了一间定价饭馆吃晚饭，接着又去了另一间小酒馆吵。最后在互相指责对方是贼足足两个小时后，他们结伴去大喝了一顿，把波里斯最后一分钱都花光了。

波里斯晚上去另一个俄国难民家里睡觉，他住在商业区，是个补鞋匠。我还剩下八法郎，香烟倒是还有不少，吃的喝的撑满了肚皮。相比起前两天糟糕的情况，我感觉好多了。

第八章

现在我们有二十八法郎在手，又可以开始去找工作了。不知他是怎么商量的，波里斯仍在那个补鞋匠家里睡觉，从一个俄国朋友那里借了二十法郎。他有不少朋友，大部分和他一样以前当过军官，现在散居在巴黎。有的人当了服务员或洗碗工，有的人开出租车，有的人靠女人生活，有的人从俄国把资产弄了出来，经营汽修店或舞厅。大体上，巴黎的俄国难民都很勤快，比起同一阶层的英国人，他们更能忍受厄运。当然，也有少数人是例外。波里斯告诉我，他曾遇到过一个流亡的俄国公爵，经常到昂贵的餐馆吃饭。那位公爵会询问服务员里有没有俄国军官，吃完饭后他会友善地叫那个俄国服务员到他的桌子那里。

公爵会说："啊，你也和我一样当过兵？现在时局不好，不是吗？嗯，嗯，俄国士兵都是天不怕地不怕的好男儿。你隶属哪个兵团？"

那个服务会回答："是某某兵团的，大人。"

"那可是一个作战英勇的兵团！1912年的时候我视察过。正好，我把钱包忘家里了，真是不巧。我想，身为俄国军官，你会乐意借我三百法郎的。"

要是那个服务员身上有三百法郎，他会乖乖奉上。当然，从此这笔钱就石沉大海。这位公爵就靠这个坑了不少钱。或许那些服务员并不介意被骗。公爵就是公爵，即使是个流亡人士。

波里斯从一个俄国难民那里听说了能挣到钱的门路。当掉大衣两天后，他神秘兮兮地问我：

"告诉我，我的朋友，你有政治倾向吗？"

"没有。"我回答。

"我也没有。当然，我们都是爱国者，但摩西不也提倡过劫掠埃及人吗？[1]你是英国人，应该读过《圣经》。我想说的是，你介不介意从共产党那里挣钱？"

"不介意，当然不介意。"

"那好，巴黎有一个俄国秘密组织，好像能帮得上我们的忙。他们是共产党，事实上，他们是布尔什维克的间谍。他们声称是一个友好组织，和流亡的俄国人接触，想把他们

---

① 据《圣经》记载，摩西出生时，正值埃及法老屠戮犹太人婴儿，摩西的父亲将刚出生三个月的摩西放入草篮中，漂浮于尼罗河上，碰巧被法老的女儿拾去收养，成为埃及王室成员。后来摩西辗转了解到自己的身世，在上帝的指示下率领犹太人出走埃及，曾向法老发出警告，若不放行将有十场天灾降临于埃及人身上。在出埃及的路上，犹太人按上帝的旨意劫掠了埃及人。

转变成布尔什维克党人。我有朋友加入了他们的组织，他觉得如果我们去找他们的话，会得到帮助的。"

"但他们能为我们做什么呢？我又不是俄国人，他们为什么要帮我？"

"我刚要说这个。他们好像是一份俄国报纸的通讯记者，希望写一些关于英国政治的文章。如果去找他们的话，或许他们会让你写写东西，给你稿费。"

"我？但我对政治一窍不通。"

"呸！他们也不懂。谁对政治有了解呢？这还不简单，你就照抄英国报纸上写的东西。巴黎不是有《每日邮报》吗？从里面照抄就行了。"

"但《每日邮报》是保守的报纸，他们讨厌共产党。"

"那《每日邮报》说什么你反着写就是了，那样准错不了。我们不能错过这个机会，我的朋友。或许能挣到几百法郎哪。"

我不是很赞同这个主意，因为巴黎警察对共产党很不友善，特别是外国人，我已经是他们的怀疑对象了。前一段时间有个探员看到我从一份宣扬共产主义的周刊的办公室走出来，找了我不少碴。要是他们发现我与这个秘密组织有接触的话，可能会把我遣送回国。但是这可是不容错过的好机会。那天下午，波里斯的另一个朋友——他是个作家——过来带我们去碰头的地点。我忘了那条街的名字——是在塞纳河南岸的一条破败的街道，就在下议院附近。波里斯的朋友一直很谨慎小心。我们漫不经心地走过整条街，记住我们准备进去的门道——那是一间洗衣店——然后又兜了回去，眼睛一直盯着所有的窗户和咖啡厅。如果这个地方有共产党出没，或许已经被监视了。要是我们看到有人长得像密探，我们就准备打道回府。我很害怕，但波里斯很享受这种鬼鬼祟祟的行动，几乎忘记了他正和杀害双亲的仇人打交道。

当我们确定一切安全的时候，我们立刻走进门道。洗衣店里有个法国女人正在熨衣服，她告诉我们"俄国先生们"住在院子那头楼梯上的房间里。我们走上几级昏暗的楼梯，到了一处小平台。楼梯顶上站着一个年轻人，体格强壮、面容乖戾，长着一头短发。我走上去的时候他狐疑地看着我，伸出手把我拦了下来，说了几句俄语。

因为我没有答话，他抬高了嗓门。

"口令是什么！"

我停了下来，觉得很惊讶，没想过还要对暗语。

那个俄国佬又复述了一遍："口令是什么！"

波里斯的朋友原本走在后面，现在他走上前去，说了几句俄语，可能是暗号，也可能在向那个人解释。听到他的话，这个乖戾的年轻人似乎满意了，带我们进了一间狭小破旧的房间，窗户上装了磨砂玻璃。这似乎是一间很破旧的办公室，堆了一些印着俄文的宣传海报，墙上挂着一张大大的、粗糙的列宁肖像画。一个没有刮胡子的俄国人坐在桌旁，他穿着短袖衬衣，正往身前的一捆报纸上面写地址。我进去的时候他和我说法语，口音很重。

"你们怎么这么不小心？"他大惊小怪地嚷嚷着，"你们怎么没拿一包换洗衣物就进来了？"

"换洗衣物？"

"来这里的人都会带换洗衣物。他们看上去是去楼下的洗衣店。下次记得带一大包换洗衣物过来。我们不想被警察盯上。"

我可没想过行动得这么隐蔽。办公室里就只有一张空椅子，波里斯坐了下来，两人用俄语谈了很久。只有那个没有剃胡须的人在说话，那个乖戾的年轻人靠在墙上，一直盯着我，似乎还对我有所怀疑。站在这间地下办公室，看着墙上宣传革命的海报，听着一个字也听不懂的对话，感觉实在是很诡异。两个俄国人热切地说话，语速很快，不停地微笑着，耸着肩膀。我不知道他们在说些什么。我想他们以"亚父"、"我儿"、"伊万·亚历山德洛维奇"互相称呼对方，就像俄国小说里描写的那样。他们的对话一定充满了革命气概。那个没有刮胡子的人会坚定地说道："我们绝不争辩。争辩是资产阶级的消遣。行动才是我们的格言。"接着，我想事情并不是这么一回事。那个人要二十法郎作为参加组织的费用，而波里斯说以后再给（我们总共才有十七法郎）。最后波里斯掏出了我们那宝贵的钞票，先付了五法郎，剩下的先赊账。

这时那个乖戾的年轻人看上去没那么狐疑了，在桌角上坐了下来。那个没刮胡子的人开始用法语问我几个问题，在一张纸上做着记录。我是不是共产党员？我回答说我同情共产主义，但我从未加入任何组织。我了解英国政治吗？噢，当然了解，当然了解。我说了几个内阁部长的名字，痛骂了工党一顿。运动呢？我能不能撰写关于运动的文章？（在欧洲大陆，足球和社会主义有一种神秘的联系。）噢，当然可以。两人都严肃地点点头。那个没有刮胡子的人说道：

"显然，你很了解英国的情况。你能给莫斯科一份周报撰写文章吗？我们会向你约稿的。"

"当然可以。"

"那好吧，同志，明天我们就寄信给你。也有可能是后天。我们的稿酬是每篇文章一百五十法郎。记住，下次来的时候带一包换洗衣服过来。再会，同志。"

我们走到楼下，小心翼翼地观察洗衣店外面街上有没有人，然后溜了出去。波里斯高兴坏了，似乎是抱着牺牲的精神，他跑到最近的一家香烟店，花了五毛钱买了根雪茄，走了出来，兴高采烈地拿着拐杖敲打着人行道。

"终于找到工作了！终于找到工作了！现在，我的朋友，我们真的发财了。你把他们都给蒙了。你听到他叫你同志了吗？一篇文章一百五十法郎——感谢上帝，我们交好运了！"

第二天早上我听到邮差过来了，立刻冲到小酒馆去收信，但失望的是，我的信还没到。我守在家里等邮差第二次投信，但还是没有我的信。三天过去了，那个秘密组织没有任何消息，我们都放弃了希望，觉得他们一定是另找了别人给他们撰写文章。

十天后我们又去拜访那个秘密组织的办公室，谨慎地带了一个看上去像装着换洗衣物的包裹。那个秘密组织不见了！洗衣店里的女人什么都不知道——她只是说，"那几位先生"付不起房租，几天前就搬走了。我们拿着包裹站在那儿，十足像两个傻瓜！值得庆幸的是，我们只付了五法郎，而不是二十法郎。

那是我们最后一次听说关于那个秘密组织的事情。他们到底是谁，到底是什么组织，没有人知道。我觉得他们和共产党扯不上关系。我认为他们只是江湖骗子，专拣俄国难民下手，以加入子虚乌有的秘密组织为名骗取入会费。这勾当很安全。毫无疑问，他们正在别的城市搞这一套把戏。他们都是聪明人，演技非常出色。他们的办公室看上去的确像是一间共产党的地下办公室，尤其是那句要我们带一包换洗衣物的叮嘱，实在是太有才了。

第九章

　　接下来的三天我们继续东奔西跑地找工作，回我的卧室吃饭，那些汤和面包越来越少。现在我们有两个微弱的希望。第一个是，波里斯听说协和广场附近的 X 酒店可能有活儿干；第二个是，商业街那家新餐馆的老板终于回来了。我们下午赶了过去，见到了他。一路上波里斯说，要是我们能找到这份工作就能挣大钱了，而给老板留下好的第一印象非常重要。

　　"外表——外表最重要，我的朋友。要是我有一件崭新的西装，到吃晚饭的时候我就能借到一千法郎。真是遗憾，我们有钱的时候我没有买一只领子。今天早上我把领子倒翻了过来，但又有什么用呢，两边都一样脏。你觉得我看上去像饿着肚子吗，我的朋友？"

　　"你脸色很苍白。"

　　"该死的，我们老是吃面包和土豆，还能怎么样？看上去很饿可不行，人们会想把你踢出去。等一下。"

他在一家珠宝首饰店的橱窗前停了下来，用力扇了自己的脸颊几巴掌，看上去红润多了。然后，趁血色还没消退，我们赶紧走进餐馆，向老板毛遂自荐。

那个老板是个气度不凡的矮胖子，长着一头波浪卷的灰发，穿一件时髦的双排钮扣法兰绒西装，不过闻起来有点味道。波里斯告诉我他也曾在俄国军队里服役过，还是个上校。他的妻子也在，是一个痴肥丑陋的法国女人，猩红的双唇让我想起了冷盘小牛腰肉配土豆。老板和蔼地与波里斯打招呼，两人用俄语谈了几分钟。我站在一旁，准备撒几个谎，说自己洗碗很有经验。

接着，老板朝我走了过来。我慢吞吞地迎了上去，心里很不自在，努力装出一副温顺的奴才样。波里斯一再告诫过我，洗碗工是服侍奴隶的奴隶。我原本以为老板会当我像尘土一样低贱，但令我吃惊的是，他热情地握着我的手。

"你是英国人哪！"他说道，"多好！不用问，你肯定会打高尔夫球，是吧？"

"当然会打。"我觉得应该这么回答。

"这辈子我都想打高尔夫球。亲爱的先生，你能教我打高尔夫的几个基本姿势吗？"

显然，这就是俄国人打交道的方式。我解释了一根击远球的杆子和一根击短球的杆子有什么不同，老板听得很专注。接着，他突然告诉我事情就这么定了，餐馆开张的时候波里斯将担任领班，而我则去厨房洗碗，要是生意好的话，还能晋升为厕所服务员。我问他餐馆什么时候开张。老板潇洒地回答道："从今天算起，刚好还有半个月。"（他喜欢挥舞着双手，同时把烟灰掸掉，动作看上去很潇洒。）"从今天算起，正好半个月，吃午饭的时候开张。"然后，他骄傲地带着我们在餐馆里转悠。

餐馆地方不大，有一个吧台、一间用餐的地方和一间比普通浴室大不了多少的厨房。老板想把整个地方装修成花哨的"风景画风格"（他称之为"诺曼式风格"，其实就是在石膏墙上装几根假的横梁什么的），准备把餐馆命名为"贾汉·科塔德客栈"，听起来有几分中世纪的味道。他印了一份传单，里面充斥着杜撰的历史传闻，别的且不说，这份传单居然说这家餐馆原来是一间客栈，查理曼大帝经常驾临光顾。老板很喜欢这种调调，给吧台装饰了几幅猥琐的画作，还是从沙龙请一位画家过来画的。最后，他给了我们俩一人一支昂贵的香烟，交代了几句之后就回家了。

我有种很强烈的预感：我们不可能在这间餐馆谋得差事。我觉得老板像个骗子，而且是个很蹩脚的骗子，我还看见后门有两个人，应该是来讨债的。但波里斯想到自己能当上领班，情绪非常亢奋。

"我们总算熬出头了——再撑过半个月就行了。半个月是多久呢？我才不鸟它呢——想想看，再过三个星期，我就可以去泡妞了！找个黑妞好呢，还是白妞好呢？只要别太瘦，我可不在乎。"

接下来的两天非常糟糕。我们只剩下六毛钱，买了半磅面包和一片大蒜用来调味。用大蒜抹一抹面包的意义在于，面包会有点蒜味，让人觉得有填饱肚子的幻觉。大部分时间我们都坐在植物园里，波里斯用石头打那些家养的鸽子，但总是打不中。然后我们在信封的背面写各式菜名。我们实在是饿得慌，一心只想着吃的。我记得最后波里斯给自己选了这么一个菜单：一打生蚝、罗宋汤（用红色的甜菜根做成的汤，上面浇一层奶油）、小龙虾、砂锅嫩鸡、牛肉炖李子、新鲜土豆、沙拉、板油布丁和洛克福羊乳奶酪，再来一升勃艮第红酒和一杯陈年白兰地。波里斯的口味很国际化。后来我们有钱的时候，有几次我看到他就点了这么多菜，轻松地吃了下去。

我们的钱用光了，我也不再找工作，又是一天什么吃的都没有。我不相信贾汉·科塔德客栈真的会开张，又没有别的出路，但我实在是懒得动，整天躺在床上。然后，好运气来了。那天晚上十点钟的时候，我听到街上有人喊我。我起床走到窗口，波里斯就在下面，兴高采烈地挥舞着拐杖。他没有说话，先是从口袋里拿出一根掰弯了的面包扔给了我。

"我的朋友，我亲爱的朋友，我们得救了。你认为呢？"

"你不是找到工作了吧？"

"在协和广场附近的 X 酒店上班——每个月五百法郎，还包伙食。今天我已经开始上班了。托耶稣基督的福，我吃得那个爽啊！"

他拖着那条瘸腿工作了十或十二个小时，下班后他第一个念头就是走三公里路过来告诉我这个好消息！而且他还告诉我，明天下午他休息的时候到杜伊勒里宫见他，他或许可以偷一点吃的给我。按照约好的时间，我在一张公共长凳那儿与波里斯见面。他解开马甲，拿出一个压得扁扁的大报纸包，里面有碎牛肉、一片加曼贝特奶酪、面包和小饼干，全部都掺和在一起。

波里斯说道："瞧瞧！我就只能带出这么多，那个看门的是头狡猾的猪猡。"

坐在公共长凳上，就着一张报纸吃东西可不大雅观，特别是在杜伊勒里宫，因为这里有很多漂亮的女孩。我吃着东西的时候，波里斯解释说他在酒店的便餐部上班。听他说起来，便餐部是酒店里地位最下等的地方，对于当过服务员的他来说面子上可挂不住，但他就干到贾汉·科塔德客栈开张。这段时间我每天就到杜伊勒里宫和波里斯见面。他会尽量帮我带点吃的过来。连续三天我们依照计划行事，我就靠着偷出来的食物支撑下去。然后，我们的麻烦终于结束了，X 酒店的一个洗碗工走了，通过波里斯的推荐我顶替了这份工作。

第十章

　　X酒店富丽堂皇，正门古典高雅，而侧面有一条狭窄漆黑的门道，就像老鼠洞一样，那是员工入口。早上我六点三刻到达。有许多人穿着油腻腻的裤子，排队匆匆进入酒店，一个看门的坐在小小的办公室里，核对他们的姓名。我等候着，不久主管人事的一个副经理来了，开始问我问题。他是个意大利人，长着一张苍白的圆脸，由于操劳过度看上去很憔悴。他问我以前有没有当过洗碗工，我说当过。他瞥了我的手一眼，看出我在撒谎，但他听说我是英国人，语气一下子变了，雇用了我。

　　"我们在找人培训英语，我们的客人都是美国人，而我们唯一懂的英语就是——"他说了一个伦敦小孩在墙上涂鸦的单词。"你或许能帮上点忙。跟我下楼去。"

　　他领着我下了一部蜿蜒的楼梯，进了一条地底下狭窄的走廊，有的地方很矮，我得猫着腰钻过去。这里很闷热，又很黑，得走好几码才有一盏昏暗的灯泛着黄光。那条阴暗的走廊似乎得延绵好几英里——事实上我猜也就是几百码而已——这里让我想起了一艘远洋轮船的下层甲板的情形：一样是那么酷热难耐，一样是那么拥挤不堪，一样飘荡着食物暖烘烘的恶臭，一样有嗡嗡嗡的声音（是厨房里那几口炉子发出的），就像轮船引擎的轰鸣。我们经过几道门，有时传来咒骂吼叫的声音，有时冒出红色的火焰，有一道门还吹出令人汗毛直竖的阴风，那是一间储冰室。走着走着，我的背后被什么东西重重撞了一下。那是一块得有上百磅重的冰块，一个穿着蓝色围裙的搬运工运冰过来。在他身后跟着一个小男孩，肩膀上扛着一大爿牛肉，脸颊紧贴着黏糊松软的生肉。他们一把将我推开，喝骂道："别挡道，笨蛋！"然后继续赶路。在一处墙上灯光照到的地方，有人写了一句话，笔迹很清秀："X酒店里有处女，真要比冬日无云还稀奇。"这地方似乎很古怪。

我们拐进一间洗衣房，一个面容枯槁的老妇给了我一件蓝色的围裙和一沓洗碗碟的抹布。接着人事部主任把我带到一间位于地下的小房间里——事实上，那里是地窖里的地窖——里面有一个水槽和几个煤气炉。房间很低矮，我根本没办法站直身子，里面的气温或许得有110华氏度。人事部主任告诉我，我的工作就是为酒店的高级职员端菜，他们在楼上一间小食堂用膳，然后打扫食堂，洗干净餐具。他走了之后，一个服务员，又是一个意大利人，从门道里伸出一个凶巴巴的脑袋，不屑地看着我。

"英国人，呃？"他说道，"我是这儿的头儿，要是你识趣的话——"他摆出将酒瓶朝天灌酒的动作，还咕嘟了几声，"如果你不识趣的话——"他狠狠地踢了门柱几脚，"对我来说，拧掉你的脖子比往地上吐口痰还容易。要是出什么乱子的话，他们相信的人是我，而不是你。所以呢，给我小心点。"

然后我开始忙碌的工作。从早上七点一直干到晚上九点一刻，就只有一个小时休息。先是洗餐具，然后到员工食堂擦桌子和抹地，然后擦干净杯子和刀叉，然后端菜上饭，然后又是洗餐具，接着又是端菜上饭和洗餐具。工作很简单，我一下子就上手了，只是到厨房里端菜很头疼。我从未见过也不敢想象会有这样的厨房——那是一间低矮的地窖，炉火照得满屋通红，闷热得令人窒息，充斥着震耳欲聋的咒骂声和锅碗瓢盆的碰撞声，有如一座炼狱。里面热得除了炉子之外，任何金属制品都得盖上一层布。炉子就摆放在中间，十二个厨师来回奔走，虽然戴着白色的厨师帽，仍热得汗流满面。旁边是几张台子，一群服务员和小工托着盘子争吵不休。几个小工赤裸着上身，有的正在烧火，有的正在用沙子清洗几口硕大的铜锅。每个人似乎都匆匆忙忙，怒气冲冲。大厨相貌堂堂，面颊通红，蓄着八字胡，站在厨房中央发号施令："煎蛋弄好了吗！烤里脊牛排加烧土豆弄好了吗！"时不时他会停下来斥骂一个小工。厨房里有三张台子，我第一次进厨房的时候不小心拿错了盘子，大厨朝我走了过来，揪着自己的胡须，上下打量着我。然后他叫来做早饭的厨师，指着我说道：

"你看到了吗？现在他们就派这样的小工给我们。你从哪儿来的，笨蛋？我想是从夏朗顿来的吧？"（夏朗顿有一间很大的疯人院。）

"从英国来的。"我回答。

"我就知道。嗯，我亲爱的英格兰先生，我告诉过你，你他妈是婊子养的吗？好了，东西在另一张台上，快拿走。"

每次我到厨房都会受到这种待遇，因为我总是会犯点错。他们觉得我应该很懂行，因此狠狠地责骂我。出于好奇，我数了那天我被骂为"笨蛋"的次数，一共是三十九次。

四点半的时候那个意大利人告诉我可以休息一下，但根本没时间出去，因为我们五点钟又要开始工作了。我去厕所抽烟。酒店里不许抽烟，波里斯告诉过我只能去厕所里抽。然后我又开始工作，一直干到九点一刻。那个服务员在门口探头进来，告诉我不要理会剩下的餐具了。令我惊讶的是，他骂了我一整天"猪猡"、"笨蛋"什么的，突然间态度变得很友善，我意识到，原来那些骂我的话也是试用期的内容之一。

"好了，伙计，"那个服务员说道，"你还蛮机灵的嘛，干得不赖。上来吃饭吧。酒店可以让我们每人喝两升红酒，我还偷了一瓶。我们俩可以好好喝个痛快。"

我们吃的是高级职员的剩菜，但美美地吃了一顿。那个服务员和气多了，告诉了我关于他的恋爱史，说他在意大利刺伤了两个人，还说他逃避了美国兵役。一旦和他相熟，他其实是个挺不错的人，不知怎么的，他让我想起了本韦努托·切利尼①。我累得够呛，全身都是汗臭，但这一天我吃得很饱，感觉整个人焕然一新。工作似乎不难，我觉得这份工作很适合我。但我不知道能不能继续干下去，因为我只是那天的"帮工"，干一天的工资是二十五法郎。那个满脸阴险的看门人给我发工资，少给了我五毛钱，说是保险费用（后来我才知道他在说谎）。然后他走进走廊，让我脱掉大衣，仔细地搜我的身，看有没有偷食物出去。然后人事部主任来找我谈话。和那个服务员一样，看到我干活卖力，他的态度和蔼了许多。

"要是你愿意的话，我们可以聘用你。"他说道。"领班的服务员说他觉得你挺不错。你愿意签一个月的合同吗？"

终于，我找到工作了。我恨不得一口答应下来，但我想

---

① 本韦努托·切利尼（Benvenuto Cellini, 1500—1571），意大利人，活跃于文艺复兴时期，集画家、雕塑家、音乐家、作家、金匠等多种身份于一身。

起半个月后就要开张的那间俄国餐馆。我觉得先答应干一个月，然后中途离开不是很好。我说我可能会去别的地方工作——我能不能签半个月的合同？听到我这么说人事部主任耸了耸肩膀，说酒店只会按月雇人。显然，我丢掉了这份工作。

我们约好了，波里斯在利沃里大街的拱廊街道等我。我告诉他发生了什么事情，他气坏了。我们相识以来他第一次顾不上客气，骂我是个蠢货。

"你这个蠢货！你蠢到家了！我辛辛苦苦帮你找了份工作，而你一下子就搞砸了！你怎么这么笨，提别的餐馆做什么？你答应干一个月不就好了嘛。"

"我觉得说我可能得离开比较诚信。"我反驳了一句。

"诚信！诚信！谁听说过一个小工讲诚信了？我的朋友！"他突然抓住我的领子，严肃地对我说，"我的朋友，你在这儿工作了一天。你看到酒店里的工作是什么情形。你觉得当一个小工有资格讲诚信吗？"

"恐怕没有。"

"那好，现在赶紧回去告诉人事处主任你愿意干一个月。就说另外那份工作你不要了。然后，等我们的餐馆一开张，我们就跳槽走人。"

"那要是违约，我的工钱怎么办？"

听到这么傻气的话，波里斯用拐杖敲着人行道，大声叫嚷着："你要求他们按日结算工资，那就不会少你一个子儿了。你以为他们会去控告一个小工违约吗？一个小工根本不值得起诉。"

我连忙跑回去，找到人事处主任，告诉他我愿意干一个月，被他聘用了。这是我作为小工在道德品行上学会的第一课。后来我才知道我的那些顾忌非常傻帽，因为大酒店对员工很无情。他们按照工作量的变动招聘解雇员工，旺季一过，他们就会把十分之一，甚至更多的员工开除掉。要是有人不提前通知一声就走人，他们也不难找到别人顶替，因为巴黎到处都是失业的酒店从业人员。

第十一章

　　结果，我没有违约，因为六个星期过去了，贾汉·科塔德客栈还是没有开业的征兆。这段时间我在X酒店上班，一星期四天在便餐部干活，一天到四楼给服务员帮忙，一天顶替那个打扫食堂的女人。幸运的是，我还有星期天可以休息，但有时会有人病了，那我就得顶班。上班时间是从早上七点直到下午两点，然后从傍晚五点到晚上九点——十一个小时。但打扫食堂那天就得干十四个小时。按照巴黎小工的普通标准，我的工作时间并不算长。除了酷热难当和通风不畅之外，在迷宫一般的地窖里干活并不算太辛苦。酒店很大，而且管理很好，大家都认为是个舒服的地方。

　　我们那间便餐部昏天暗地，长二十英尺，宽七英尺，高八英尺，堆满了咖啡壶和切面包的刀子等餐具，一走动难免会磕磕碰碰。里面就靠一个光线微弱的灯泡照明，四五口煤气炉喷射着炽热的气息。这里有一个温度计，气温从未低于110华氏度——有些时候高达130华氏度。在房间的一头是五部载货升降机，另一头摆着一个冰柜，用来贮藏牛奶和黄油。当你走近冰柜时，多走一步就有一百度的温差，总是让我想起那首描写格陵兰冰山和印度珊瑚礁的赞美诗①。除了波里斯和我之外，还有两个人在便餐部上班。一个名叫马里奥，是个意大利人，块头很大，很容易激动——像个当警察的，但动作就像在演歌剧一样；另一个是毛发浓密、手脚笨拙的粗人，我们叫他"马扎尔人"。我觉得他是特兰西瓦尼亚人②，甚至来自更偏僻的地方。除了"马扎尔人"外，我们三个体形都很大，忙起来的时候总是会撞在一起。

便餐部的工作分忙时和闲时，我们从来没有停歇的时候，但真正忙碌的时候一忙起来就是两个钟头——我们称之为"子弹时刻"。第一波"子弹时刻"是在早上八点，那时楼上的客人陆续醒来，点了早餐。八点钟的时候，突然间整个地窖爆发出一声巨响，四面八方响起闹钟的响声，穿着蓝色围裙的员工在走廊穿梭，我们房间那几部载货升降机同时降了下来，五层楼的服务员全都开始用意大利语朝着升降管道下面破口大骂。我记不得所有的工作职责，但我们得制备茶、咖啡和热巧克力，从厨房接菜，从地窖里拿红酒，从食堂里拿水果，切面包，做吐司面包，弄好一小块一小块的黄

---

① 指英国传教士雷吉纳德·希伯(Reginald Heber, 1783—1826)创作的赞美诗《要传遍福音》(From Greenland's Icy Mountain)。

② 马扎尔人是匈牙利境内的民族，而特兰西瓦尼亚是英国作家布拉姆·斯托克(Bram Stoker)的小说《吸血鬼》中位于罗马尼亚的一处偏远之地。

油，涂果酱，开罐装牛奶，放方糖，煎鸡蛋，煮麦片，打碎冰块，研磨咖啡——为一二百个客人提供服务。厨房有三十码远，而食堂有六七十码远。我们送到载货升降机上的每样东西都必须登记在收据里，每张收据都得保管好，就算不见了一块方糖也会有麻烦。除此之外，我们还得为全体员工准备面包和咖啡，端菜给楼上的服务员吃。一言以蔽之，这份工作非常复杂繁琐。

我算了一下，一天下来得走十五英里的脚程，但精神方面的压力比身体方面的压力更大。乍一眼看上去没什么能比这份乏味的苦力活儿更容易的事情了，但你忙起来的时候这份工作其实很难。我们在一大堆工作中疲于奔命——就像在计时的压力下整理一堆卡片一样。比方说，你正在做吐司面包，突然咣当一声，一部载货升降机下来了，要一杯茶、几个蛋卷和三种不同的果酱，与此同时，另一部载货升降机下来了，要炒鸡蛋、咖啡和葡萄柚。你跑得比兔子还快，冲到厨房拿鸡蛋，再冲到食堂拿水果，因为你得在吐司面包烤焦之前赶回来，你还得记得备好茶和咖啡，还有其他六份菜单在等候着。与此同时，一个服务员一直跟着你，为一瓶苏打水不见了找你的碴儿。你跟他争辩起来。这份工作对脑力的要求超出你的想象。马里奥说得没错，得花一年时间才能成为便餐部靠得住的帮手。

从八点钟到十点半我们忙得团团转，有时候累得似乎就要断气了，有时候工作会突然停顿下来，没有新的订单，一切似乎变得很平静。于是我们把地板上的垃圾扫走，洒下新的锯末，拿起瓶瓶罐罐，管它里面是酒、咖啡还是水，仰头就喝——只要是液体就行。我们经常在工作时凿碎冰块，吞食生冰，因为那几口煤气炉实在是热得让人受不了。我们一天得喝好几夸脱①水，才干了几个小时，就连围裙都浸满了汗水。有时候我们根本赶不上要干的活儿，有的顾客吃不上早饭就走了，但马里奥总是带领我们苦苦撑下来。他已经在便餐部工作了十四年，能协调好不同的工作，不浪费一分一秒。"马扎尔人"很笨拙，我则毫无经验，而波里斯老是磨洋工，因为他腿脚不方便，而且他觉得当过服务员，再到便餐部上班很丢人。但马里奥实在是太能干了：他能伸出长长的手臂越过整间便餐部，一只手往咖啡壶里倒水，另一只手煮鸡蛋，同时还看着吐司面包的火候，冲着"马扎尔人"给他下达指令，时不时还能哼哼歌剧《弄臣》的小调，实在令人叹为观止。老板知道他很能干，每个月给他一千法郎，不像我们三个，每个月才五百法郎。

十点半的时候早餐的忙碌戛然而止。我们就在便餐部抹桌子，拖地板，把铜壶铜罐擦亮。有时早上的活儿少，我们就轮流到厕所里抽烟。这是我们的闲暇时间——但只是相对

① 英制的一夸脱合 1.14 升。

清闲一些，因为我们只有十分钟的时间吃午饭，而且总是会被打断。从中午十二点到下午两点是客人们的午饭时间，就像早餐时间一样，我们又忙得不可开交。我们大部分的工作是从厨房里端菜，老是被厨师们责骂为"讨厌鬼"。到了这会儿，厨师们已经在火炉前挥汗如雨地站了四五个小时，脾气变得非常糟糕。

两点钟的时候一下子闲了下来。我们扔下围裙，穿上大衣，匆匆跑到外面。要是身上有钱，我们就跑到最近的小酒馆。从火烧火燎的地窖里走到街上感觉很奇怪，空气变得凉爽清冽，就像北极的夏天。闻惯了汗水和食物的恶臭，连汽油味闻起来都那么甘甜！有时候我们在小酒馆里遇到同一间酒店的厨师和服务员，他们都很友善，还请我们喝酒。在酒店里我们是他们的奴隶，但工作之余大家都是平等的，这是酒店工作的一条规矩，他们也不骂我们是"讨厌鬼"了。

四点三刻我们回到酒店。六点半之前都没有人下菜单。这段时间我们擦亮银器，洗干净咖啡壶，干点别的什么。然后，一天最忙碌的时候开始了——晚饭时间到了。我希望自己能有左拉①的文采，形容一下晚饭时间是什么样子。最关键的情况是，一二百个客人各自点了五六道不同的菜式，得有五六十个人给他们做饭、上菜、打扫卫生。稍有餐饮服务

---

① 埃米尔·弗朗科伊斯·左拉（Émile François Zola, 1840—1902），法国著名作家及政治自由运动先驱，代表作有《卢贡-马卡尔家族》、《三城记》等。

经验的人都知道这意味着什么。而就在这时，工作量翻了一番，整个后勤团队却已经精疲力尽，有几个还喝醉了。那些情景我就算写上几页纸也无法让读者了解其全貌。我们在狭窄的过道里穿梭，互相碰撞，大声嚷嚷，运着柳条箱、盘子和冰块，忍受着酷热和阴暗，心怀恨意地争吵不休，却没有时间打一架解决问题——这一切根本无法以文字加以形容。要是有人第一次来到地窖，他会以为自己来到了疯人堆里。直到后来我摸清了酒店工作的门道，这才了解到，原来在这纷繁的混沌中也隐藏着秩序。

八点半的时候工作戛然而止。我们得到九点钟才下班，但我们都会四仰八叉地躺在地板上，让腿脚歇息一下，连去冰柜那里弄点喝的都懒得去。有时人事部主任会拿几瓶啤酒进来，因为要是那天工作辛苦的话，酒店会额外奖励我们喝啤酒。我们的伙食只是勉强能够下咽，但老板对喝的可不小气。我们每天可以喝两升红酒，因为他知道要是不给小工喝上两升的话，他们可能会偷三升。我们还能喝酒瓶里剩下的酒。因此我们总是喝过头——这可是好事，因为喝醉的时候工作起来似乎也快一些。

一周有四天就是这么过的。另外两个工作日有一天好一些，有一天却更糟糕。这种生活过了一星期，我就觉得要好好放个假。星期六晚上，小酒馆的人都在喝酒，我明天不用上班，于是也加入了喝酒的行列。我们都喝醉了，凌晨两点才上床睡觉，本以为可以睡到中午，但五点半的时候就突然被叫醒了。X酒店派来了一个看更佬，正站在我的床边，他把衣服扔还给我，粗暴地将我摇醒。

"起床！"他说道，"你喝得很爽，呃？好了，不管那么多了，酒店缺一个人，今天你得去上班。"

"为什么要我去？"我抗议道，"今天我放假。"

"放什么假！那工作还干不干了？起床！"

我起了床，走出门外，感觉背都快断了，脑壳里像填满了炽热的煤渣。我以为自己今天不可能撑得下来，但是，在地窖里干了一个小时后，我觉得自己完全恢复了。地下室里非常闷热，就像土耳其桑拿浴室一样，把酒精统统化为汗水蒸了出来。小工们都知道这一点，而且很会利用这一点。他们几夸脱几夸脱地喝酒，然后酷热在酒精对身体造成伤害之前就将其蒸成汗水，这是对他们生活的一种补偿。

第十二章

到目前为止，在 X 酒店最舒服的时候莫过于到四楼帮服务员的忙。我们在一间小餐具室干活，那里通过载货升降机和便餐部联系。从地窖里出来让人感觉格外舒心凉爽，而且大部分工作就是擦擦银器和酒杯，蛮轻松惬意的。那个服务员瓦伦蒂为人还算正派，只有我们俩的时候几乎能和我平等相待，但有别人在的时候，他不得不对我疾言厉色，因为服务员不应该对小工客气。有时哪天他收入不错的话，会给我五法郎作小费。他是个相貌堂堂的年轻人，年龄二十四岁，看上去却像才十八岁。和大部分服务员一样，他很会照顾自己，而且穿着很讲究。他穿着黑色燕尾服，打着白色领带，一头油光水亮的棕发再配上那张稚嫩的脸，看上去就像个伊顿公学的小男生。从十二岁开始他就自食其力，从掏阴沟的工人一直干到服务员。他的经历很坎坷。他没有护照，从意大利边境偷渡过来，推着一部手推车在街上卖栗子。在伦敦他因为没有工作许可而坐了五十天牢。后来他被一个有钱的老女人叫到酒店和她做爱，她给了他一个钻石戒指，然后控告他偷了这个戒指。我喜欢和他说话，闲暇的时候我们俩就坐在升降机通道那儿抽烟。

到食堂打扫卫生是最糟糕的一天。我不用洗碗碟，那些由厨房处理，但我得负责清洁其他餐具、银器、刀子和酒杯。即使是这样，每天也得干十三个小时，用三四十块抹布。法国老式的工作方法让清洗的工作量翻了一番。他们没听说过托盘架，也没有皂片，只有黏糊糊的软肥皂，而巴黎的自来水很硬，根本不起泡沫。房间肮脏拥挤，既是餐具室又是碗碟洗涤室，直接通往客人用餐的地方。除了清洁工作外，我还得给服务员们上菜，在饭桌上服侍他们。那些服务员倨傲无礼，令人无法忍受，有好几次我不得不用拳头为自己讨回公道。原本负责清洁工作的是个女的，被他们折磨得痛苦不堪。

看着这间污秽不堪的小房间，想到客人用餐的地方和我们之间只隔着一道双开门，我就觉得好笑。那些衣冠楚楚的客人们就坐在那里——一尘不染的桌布、摆着鲜花的装饰碗、镜子、镀金飞檐和小天使雕塑，而与之相隔只有数码，我们就在一堆令人作呕的垃圾中干活。这里实在是脏得令人恶心，但要等到晚上我们才有时间拖地。我们就蹚着肥皂水、菜叶、纸屑和被踩得稀烂的食物，十几个服务员脱掉外套，露出汗涔涔的腋窝，坐在饭桌旁，上面堆放着杂乱的沙拉，拇指就直接伸进盛沙拉酱的罐子里。房间里弥漫着食物和汗液混合在一起的味道。碗橱里摆着成堆的餐具，后面就藏着服务员们偷来的食物。这里只有两个水槽，没有洗涤盆，服务员们经常就用洗餐具的水给自己洗把脸。但客人们看不到这些。在通往客人用餐的大堂门口有一张椰绒地毯和一面镜子，服务员们总是会先打扮一番，干干净净地走出去。

观察一个服务员走进酒店餐厅真是让人长见识。他穿过那道门时，突然间整个人全变了。他的肩膀端平了，所有的肮脏、忙乱和不耐烦一扫而空。他跨过那张地毯，变得像牧师一样庄严神圣。我记得我们的大堂副领班——一个脾气暴躁的意大利人，在大堂门口训斥一个打破了一瓶红酒的学徒。他高举双手，挥舞着拳头，大声喝骂道：（幸运的是，那道门是隔音的）：

"真让我恶心——你这个小畜生，你认为自己像个服务员吗？你配当服务员吗？你连给你妈出身的那间妓院拖地板都不配！蠢货！"

他觉得光口头骂骂不过瘾，转身打开那道门，就像电影《乞儿汤姆·琼斯》里的地主魏斯特恩那样摆出一副不屑一顾的姿态。

然后，他走进大堂，手里托着菜盘，像天鹅一样优雅地穿行。十秒钟之后，他毕恭毕敬地朝一位客人点头哈腰。看到他那训练有素、职业式的亲切微笑和鞠躬，你忍不住会想那个客人一定会觉得很惭愧，有这么一位气度不凡的贵族在服侍他。

清洁工作非常讨厌——我倒是不觉得很累，但其乏味无聊实在难以用言语形容。想到有人数十年如一日就干这么一份工作，实在是太可怕了。我顶替的那个女人得有六十好几了，每天站在水槽边十三个小时，一星期干六天，一年到头都是这样。而且那些服务员总是凶巴巴地欺负她。她说她曾经当过演员——我猜其实是个妓女。大部分妓女最后只能去当女工，奇怪的是，我看到她这把年纪了，又沦落到如斯田地，却仍像个二十岁的小姑娘一样戴着金黄色的假发，涂了眼影，脸上化了妆。显然，即使一星期要工作七八十个小时，也无法完全消磨掉一个人的活力。

第十三章

在酒店工作的第三天，原本对我和颜悦色的人事部主任把我叫了过去，严肃地告诫我：

"听好了，你赶快把胡子剃掉！我的天哪，谁听说过酒店小工蓄胡须的？"

我刚想抗议他就打断了我，"一个小工蓄着胡须——成何体统！小心点，明天我不想看到你那两撇胡须。"

回家的路上我问波里斯这番话到底什么意思。他耸了耸肩膀："你最好照他的意思做，我的朋友。在酒店里工作的没有人蓄着胡须，只有那些厨师例外。我还以为你注意到了呢。至于理由？没有理由。这就是规矩。"

我知道这是规矩：小工不能穿正装戴白领带，还必须刮掉胡须。后来我明白了为什么会有这些规矩，因为高级酒店的服务员不能蓄胡须，为了显示他们的地位，他们就要求小工们也不能蓄胡须。而厨师们蓄着胡须，以表示他们对服务员的轻蔑。

这就是酒店里复杂的阶级体制的写照。我们员工大概有一百一十人，就像部队一样等级森严。厨师或服务员的地位要比小工高，就像部队里上尉的地位高于列兵一样。地位最高的人是经理，他可以开除任何人，包括厨师。我们从未见过老板，我们只知道他的饭菜要格外精心准备，比给客人上菜还要用心。酒店的纪律维系于经理。他尽忠职守，总是到处巡逻，查看有没有人偷懒，但我们可比他聪明多了。我们酒店靠铃声传递服务信息，员工们就用铃声彼此传递暗号。一声长响加一声短响，紧接着又是两声长响，这表示经理过来了。听到这个信号我们就会装出很忙碌的样子。

　　经理下面是服务员领班，他不用到餐桌服务，除非有大人物光临。他负责指挥别的服务员干活，帮忙料理食物。他的小费和津贴来自酿酒公司（每退回一个瓶塞可以挣两法郎），高达两百法郎一天。他的地位远远高于其他员工，单独在一个房间里吃饭，用的是银制餐具，有两个穿着干净的白色夹克的学徒服侍他。在服务员领班之下是大厨，每个月的工资是五千法郎。他在厨房吃饭，但单独有一张桌子，由一个厨师学徒伺候他。接下来是人事部主任，他一个月工资只有一千五百法郎，但他穿一件黑色西装，不用干体力活，而且拥有解雇小工和克扣服务员工资的权力。接下来是其他厨师，工资从三千法郎到七百五十法郎不等。再往下是服务员，一天靠小费可以挣到大约七十法郎，外加一点底薪。再往下是洗衣女工和扫厕所的女工；再往下是服务员学徒，他们没有小费，但每个月有七百五十法郎的工资。接下来是小工，薪水也是七百五十法郎。然后是女服务员，每个月的工资是五六百法郎。最底层是便餐部的小工，一个月五百法郎。我们便餐部的小工堪称酒店里的渣滓，被所有人鄙视糟蹋。

酒店里还有其他工作人员——帮客人跑腿的文员、司库、看酒窖的、门房、侍从、管冰库的、面包师傅、看更和门卫。不同的工作由不同种族的人担任。办公室人员、厨师和缝补衣服的女工是法国人；服务员通常是意大利人和德国人（巴黎几乎没有法国服务员）；小工则来自欧洲各国；甚至还有阿拉伯人和非洲黑人。法语是通用的语言，连那些意大利人彼此之间也说法语。

在全巴黎的酒店里，所有的部门都能捞点外快。碎了的面包可以卖给面包店，八苏一磅，厨房的剩饭剩菜可以卖给养猪人，钱由小工们平分，这是其中一条规矩。此外还有许多小偷小摸的行为。所有的服务员都会偷食物——事实上，据我所见，几乎所有的服务员都不屑于吃酒店安排的伙食——厨师们偷窃食物的规模更夸张，而我们便餐部的员工则拼命地喝酒和咖啡。看酒窖的会偷白兰地。按照规定，酒店里的服务员不能看管酒类，每次有客人点酒就得去找看酒窖的。每倒一杯酒，看酒窖的会偷偷倒走一茶勺的分量，以这种方式积少成多。如果他觉得你信得过，会把偷来的白兰地卖给你，喝一大口才五苏。

员工里有很多人是窃贼，如果你把钱忘在大衣口袋里，那铁定就没了。那个给我们支付工资、搜我们身看有没有偷食物的门房就是酒店里最大的窃贼。我每个月的工资是五百法郎，六个星期这个人就克扣了我一百一十四法郎。我要求工资按日结算，于是每天晚上那个门房付给我十六法郎，而星期天从不给钱（星期天当然也得给工资），坑了我六十四法郎。有时我星期天也上班，我不知道原来我还有二十五法郎的额外津贴。那个门房从来没给过我这笔钱，这样就又克扣了七十五法郎。直到最后一星期我才意识到自己被坑了，由于我无法提供证明，我只要回了二十五法郎。那个门房对哪个笨乎乎的员工都要这一套。他自称是希腊人，但其实他是美国人。认识他之后，我总算明白为什么人们会说"宁信毒蛇，别信犹太人；宁信犹太人，别信希腊人；但永远别信美国人"。

那些服务员性格各异。有一个年轻的服务员上过大学，曾经在公司上班，薪水丰厚。他得了花柳病，丢掉了工作，到处漂泊，现在觉得能当上服务员已经很幸运了。许多服务员是没有护照就偷渡到法国的难民，有一两个是间谍——间谍通常会当服务员，用以掩盖身份。有一天在服务员食堂里，马兰迪和另一个意大利服务员大吵一架。马兰迪长相凶狠，两只眼睛分得很开。吵架的原因似乎是因为马兰迪勾搭上了那个意大利人的情妇。那个意大利人是个屠头，显然很忌惮马兰迪，扬言要报复马兰迪，但显然底气不足。

马兰迪奚落他："好嘛，你想怎么着？我睡过你的女人，睡过她三回，干得很爽。你又能拿我怎么样，呃？"

"我可以到秘密警察那里告发你。你是个意大利间谍。"

马兰迪没有否认，只是从口袋里掏出一把刮胡刀，在空中比划了两下，似乎把一个人的两边面颊割开。其他服务员赶紧把他给劝住。

在这间酒店里我见过最古怪的一个人是个临时工，一天工资二十五法郎，来顶替生病的"马扎尔人"。他是塞尔维亚人，大约二十五岁，身强力壮，动作敏捷，包括英语在内会说六国语言。他似乎熟知酒店的所有工作，从早上一直到中午，他像一个奴隶一样辛苦地干活，然后，时钟一敲响十二下，他一下子变得懒洋洋的不肯干活，还偷了酒喝，最后干脆嘴里叼着烟斗到处闲逛。抽烟当然是严令禁止的。经理听说了这件事，气得火冒三丈，亲自过来盘问那个塞尔维亚人。

"你他妈的在这儿抽烟是什么意思？"他大声吼道。

"那你他妈的摆着这张臭脸又是什么意思？"塞尔维亚人平静地回答。

这句话真是太离经叛道了。如果一个小工敢这样对大厨说话，一锅热汤早就当头浇到他的脸上了。经理立刻说道："你被解雇了！"两点钟的时候那个塞尔维亚人领了二十五法郎的工资，然后被解雇了。在他离开之前，波里斯用俄语问他到底在玩什么把戏，他说那个塞尔维亚人回答说：

　　"你知道吗，老兄，要是我干到中午，他们就得付给我整天的工钱，不是吗？法律是这么规定的。我已经可以拿到工钱，那干活还有什么意义？告诉你吧，我总是去酒店面试，当一天帮工，然后我就卖力地干到中午，一到十二点我就开始捣乱，搞得他们没辙，只能把我解雇。这主意不错吧？大部分时候我十二点半就被炒掉，今天拖到了两点钟，但我可不在乎。我少干了四小时的活儿。唯一麻烦的就是，这种事情不能在同一间酒店干两次。"

　　听说在全巴黎一半的酒店和餐馆他都玩过这种把戏。或许，在夏天的时候这一招很管用，但很多酒店都列出了黑名单，防止这种人进来捣乱。

第十四章

　　几天后我了解到酒店运作的基本原则。任何人如果是第一次走进酒店服务区，工作的高峰期里面的混乱和可怕的噪声会把他吓得目瞪口呆。服务区的工作完全不同于商店或工厂里按部就班的工作，乍一眼看你会以为是管理出了问题。但事实上，这是不可避免的。酒店的工作并不是特别难，只是时间特别紧，却又无法进行统筹安排。比方说，你不能提前两小时先把牛排煎好，你只能等到最后一刻才动手，而这时其他工作已经堆积如山，你只能手忙脚乱地同时进行。结果就是，一到饭点每个员工得干两个人的活儿，吵闹争执不可避免就会发生。事实上，争吵是工作过程中必不可少的部分，因为要是没有人斥责别人偷懒的话，工作根本就跟不上节奏。正是因为这个原因，到了工作的高峰期所有的员工就像恶魔一样发火，咒骂不休。一到那个时候，全酒店的员工就只会说"滚你妈的蛋"。西点间里有一个女孩才十六岁，说起粗话来的士司机也比不过她。（哈姆雷特不是说过吗，

"像厨房的小工一样骂街"[1]。显然，莎士比亚也见过厨房的小工干活。）但我们可不是丧心病狂或在浪费时间，我们是在互相激励，努力把四个小时的工作压缩到两个小时内完成。

使酒店工作得以维持的是员工们对自己的工作所抱有的自豪感，虽然这样说会让人觉得很傻。如果有人偷懒，其他人很快就会发现，告发他，让他被解雇。虽然厨师、服务员和小工们外表看上去决然不同，但有一点他们很像：他们都为自己工作的高效率感到自豪。

毫无疑问，厨师是最有技术的工种，态度也最不谄媚。虽然他们挣的钱没有服务员们多，但他们更有尊严，而且工作也比较稳定。厨师认为自己不是靠服侍别人谋生，而是靠技术吃饭，他被称为"专业人士"，而服务员则没有这一礼遇。他知道自己的能力——他知道自己可以捧红一家餐馆，也可以毁掉一间餐馆；他也知道要是自己干活慢了五分钟的话，一切就会乱套。他鄙视所有不是从事烹饪工作的员工，自领班以下他都极尽侮辱之能事，以此捍卫自己的尊严。他认为自己的工作是一门真正的艺术，感到非常自豪，而烹饪也的确需要非常高超的手艺。烹饪本身还不算太难，难的是每件事都得按时完成。从早饭到午饭期间，X 酒店的大厨会

<hr>

① 此句出自莎士比亚（William Shakespeare）作品《哈姆雷特》（Hamlet）第二幕第二场。

收到数百道菜的订单，要在不同的时候准备好。他自己会亲自做几道菜，但所有的菜都由他下达命令，并在端给客人之前进行检查。他的记忆力非常惊人。那些订单都钉在一块板上，但大厨很少会去看那些订单，一切都印在他的脑海里，精确到每一分钟。一道菜该上的时候，他会不知疲倦地喊道："嫩牛排（或别的什么菜式）该上了！"他是一头令人无法忍受的蛮牛，又是一位艺术家。厨房里男厨师居多，主要是因为男人比较守时，而不是因为男厨师的厨艺比较出色。

服务员的风貌决然不同。他也为自己的技术感到自豪，但他的技术在于如何显得谦恭谨慎。由于工作的影响，他没有工人的骨气，而是势利的小人。他总是活在有钱人的视野中，站在他们的桌旁，倾听他们的对话，露出一脸微笑，暗地里说几句笑话，以此巴结他们。他的快乐就是哄骗顾客多花钱。而且，他总是有机会发财，因为虽然大部分服务员穷困潦倒而死，但有时他们也会时来运转。在格兰大道的某些咖啡厅，服务员能挣到丰厚的小费，甚至愿意付钱给老板，保住自己的岗位。服务员直接与金钱接触，对金钱充满了渴望，和老板站在同一阵线。他会用心地伺候好客人，因为他觉得这笔生意自己也有份。

我记得瓦伦蒂告诉过我在尼斯举行过一次盛宴，他有幸在宴席上服侍客人，那场盛宴花了二十万法郎，后来被谈论了好几个月。"太壮观了，实在是太壮观了！上帝啊！那些香槟、那些银器、那些兰花——我从未见过那么精致的东西，真是大开眼界。啊，真是太豪华了！"

我说道："但你不是只在那里当服务员吗？"

"哦，是的，但实在是太豪华了。"

你可不用为一个服务员感到抱歉。有时你下馆子吃饭，餐馆关门时间过了半个小时，而你还在吃个不停，你觉得旁边那个疲惫的服务员肯定很鄙视你，他才不呢。他看着你的时候可没有在想："这个脑满肠肥的吃货！"他在想："等到我攒够了钱的那天，我也要像这个人一样。"他在伺候别人享受欢乐，而他完全理解并满心羡慕这种快乐。这就是为什么很少有服务员是社会主义者，也没有组织得当的工会，他们愿意一天干十二个小时——许多咖啡厅的服务员一天干十五个小时，一星期上七天班。他们是势利的小人，而且他们觉得这份伺候人的工作非常适合自己。

小工们的情况又不一样。这份工作根本没有前途，不仅累得够呛，而且根本没有任何技术含量或有趣之处。这种工作女人都做得来，假如她们身强力壮的话。他们只需要一刻不停地东奔西走，忍受漫长的工时和闷热的环境。他们无法摆脱这种生活，因为他们那点工资根本攒不了一分钱，而一周干六十到一百个小时让他们根本没有时间去接受培训。他们唯一的指望就是能找到相对轻松一点的工作，像当个看更的，或到厕所里当服务员。

但是，就算在干像小工这样低贱的工作，他们也有自己的尊严。那是苦力的尊严——无论有多少活儿他都能一力承担。他们的地位这么低，唯一值得夸耀的，就是像牛一样卖力干活。每个小工都希望能被人夸为"能干的家伙"。"能干的家伙"即使面临不可能完成的任务，也能摆脱困境，把任务完成。X酒店有一个厨房小工，是个德国人，大家都夸他很"能干"。一天晚上，一位英国贵族来到酒店，服务员们快要急疯了，因为这位贵族要吃桃子，而仓库里根本没有桃子。那时候已经很晚了，商店应该关门了。"让我来吧。"那个德国人说道。他走了出去，十分钟后带回了四个桃子，是他跑到附近一家餐馆偷来的。这就是"能干的人"。那位英国贵族每个桃子付了二十法郎。

　　便餐部的领班马里奥的思维和普通的小工没什么两样，一心只想着怎么把活儿干完，不相信这世上还有他完成不了的工作量。在地窖里工作了十四年，他就像活塞杆一样没有一丝倦怠。当有人抱怨的时候，他总是这么说："坚守你的岗位。"你经常听到小工们说："坚守岗位。"——似乎他们是士兵，而不是厨房里的帮工。

　　酒店里的每个员工都有自己的荣誉感。当繁重的工作压到头上时，我们大家愿意同舟共济，一同渡过难关。不同的部门之间总是在明争暗斗，而这也促进了工作效率，因为每个人都要捍卫自己的尊严，不让别人偷懒占便宜。

这是酒店工作里积极的一面。这家酒店就像一部庞大而复杂的机器，靠着严重不足的人员勉强运转着。每个人都很清楚自己要做什么，并尽心尽力完成任务。但这个体系有一个缺点，那就是——员工们所做的工作不一定就是顾客掏钱希望享受到的服务。顾客掏钱为的是得到优质服务，而员工们拿工资是为了把工作完成——通常来说，维持表面上的优质服务。结果呢，虽然酒店里的工作按部就班地进行，最要紧的方面却比最不堪的家庭还要糟糕。

　　以卫生为例，走进 X 酒店的服务区，那里的情况之肮脏令人发指。我们便餐部四个阴暗的角落里堆满了陈年的灰尘，面包柜里长满了蟑螂。有一次我向马里奥建议消灭这些虫子。"干吗要消灭那些可怜的小东西？"他反问了我一句。我在碰牛油之前会先洗手，其他人看到我这样做，都笑得乐不可支。但是，如果是出于工作的要求，我们一定会保持清洁。我们会定期清扫桌子和擦亮器皿，因为这是命令，但没有人命令我们必须做到真正的干净，而且我们也根本没有时间保持清洁。我们只是履行我们的职责，而最重要的职责就是准时，为了赶时间，脏一点也没办法。

　　厨房里更加肮脏，传闻中法国厨师会往汤里吐痰其实真有其事——当然，他不会往自己要喝的汤里这么做。他是一名艺术家，但他的艺术与清洁无干。从某种程度上说，正因为他是艺术家，所以他很邋遢，食物要看上去有卖相，就得以肮脏的方式进行处理。比方说，一碟牛排被送到大厨那里检查，他可不会拿一把叉子进行处理。他就用手把牛排拿起来，将它拍软，用他的拇指顺着盘子转一圈，舔舔手指品尝肉汁，接着又转一圈，再舔一下，然后退后几步，像一位艺术家在审视画作一样端详着那块牛排，然后用他那肥胖粉红的手指将牛排摆好，每根手指那天早上他都舔了有上百次。当他觉得满意了，他会拿一块布把盘子上的指印擦掉，然后交给服务员。而那个服务员一定也会把他的手指浸在肉汁里——他总是用那几根油腻腻的脏手指去梳理摆弄他那头秀发。在巴黎，如果一道肉你付的钱多于十法郎，可以肯定地说，这盘菜一定被以这种方式摆弄过了。在非常廉价的餐馆，情况则不一样，那里的厨师可不会花费心思去摆弄食物，他就拿叉子把牛排从煎锅里叉出来，根本不会再去理会。大体上说，你在食物上付的钱越多，你就可能会吃到更多的汗水和唾沫。

酒店和餐馆的肮脏是与生俱来的，为了准时和卖相，卫生就只好牺牲了。员工们只顾着把食物准备好，却忘记了这些食物是要给人吃的。一顿饭对他来说只是"一份订单"，就像在医生眼中，一个死于癌症的病人只是一个病例。举例来说，一个顾客点了一片面包，地窖下忙得不可开交的某个人得把一片面包准备好。他怎么会停下来对自己说："这片面包是要给人吃的——我必须将其妥善准备好。"他只知道这片面包必须看上去很像样，而且必须在三分钟之内就准备好。如果几滴汗珠从他的额头落到那片面包上，他又何必担心呢？假如那片面包掉到满是脏兮兮的锯末的地板上，为什么要自找麻烦再弄一片新的面包呢？把锯末弄干净要快多了。上楼梯的时候那片面包又掉了，涂了黄油的那面掉在地上，他只需要再涂一层黄油。每件事都是这样。在X酒店，干净的食物只有老板和员工的伙食。大家总是放在口头的名言是："顾好老板就够了。顾客？管他呢！"虽然酒店外表光鲜，其实服务区的每个地方都那么脏，就像一个人肚子里的花花肚肠。

除了肮脏之外，老板一心想的就是怎么宰客。这里的菜用料非常差，但厨师们知道怎么把菜做得好看诱人。我们买的肉普普通通，至于那些蔬菜，持家有道的家庭主妇去买菜时根本不屑于看一眼。奶油一律掺了牛奶，茶叶和咖啡都是次货，果酱都是一大罐一大罐没有标签的人造合成品。据波里斯说，所有的酒都是廉价的劣酒。按照规定，员工损坏东西必须赔偿，因此损坏的东西很少被扔掉。有一次三楼的服务员把一只烤鸡从载货升降机的通道上掉了下来，掉到底部一堆面包屑和废纸什么的里面，我们只是用一块布把它擦干净，又拿上去给客人吃。酒店里的人都说，用过的被单从来都没有洗过，只是泡一下，熨干后就摆回床上。老板对待我们就像对待客人一样苛刻。比方说，这么大一座酒店你找不到清洁毛刷和簸箕，你只能拿扫把和一块纸板代替。来到员工们的厕所就像到了中亚，这里只有用来洗餐具的水槽，却没有地方可以洗手。

虽然如此不堪，X酒店却位列巴黎最昂贵的十来座酒店之一，客人们付的价格之高令人咋舌。住一晚的价格，不包括早餐，高达二百法郎。酒类和香烟的售价是商店价格的两倍——当然，老板是以批发价进货的。如果某个顾客是贵族来头或百万富翁，对他的收费也会相应提高。一天早上，四楼有一个美国客人在节食，只点了热水和盐当早餐。瓦伦蒂气坏了，"上帝啊！"他说道，"那我的百分之十提成怎么办？就开水和盐的价格的百分之十！"这顿早饭他向客人收费二十五法郎，那个客人二话不说就掏钱了。

据波里斯说，全巴黎的酒店，至少那些昂贵的大酒店，都是这么干的。但我觉得X酒店的客人特别好骗，因为他们大部分是美国人，说的是英语——不会说法语——而且似乎对什么是美食一无所知。他们以那些难吃得要命的美式"麦片"果腹，拿橘子果酱送茶，饭后喝苦艾酒，要一份鸡肉酥饼被宰一百法郎，然后就着辣酱油吃下去。有一个客人来自匹兹堡，每天晚上在房间里用餐，点了葡萄籽坚果、炒蛋和可可。或许，这些人上当受骗根本就不是事儿。

第十五章

在酒店里我听到种种离奇的传闻：这里有瘾君子吸毒，有老淫棍到酒店找娈童，有偷窃和勒索案。马里奥告诉我，他曾在另一家酒店工作过，那里有个女服务员从一位美国贵妇那里偷了一个昂贵的戒指。连续好几天全体员工下班时都要被搜身，两个探员对酒店实施了地毯式搜索，但那个戒指一直找不到。那个女服务员的情人在面包间工作，他把戒指放在蛋卷里，蛋卷一直放在那里，直到搜查结束都没有人对其起过疑心。

有一天工作不是太忙的时候，瓦伦蒂告诉我关于他的一个故事。

"你知道吗，我的朋友，在这家酒店工作蛮好的，而一旦失业那可就惨了。我想你知道没饭吃是什么滋味，呃？都是出于无奈啊，要不然你也不会来洗盘子了。我可不干小工这种低贱的活儿，我是一个服务员，有一次我五天没有吃过东西。五天哪，连面包屑都没得吃——上帝啊！

"我告诉你，那五天就像地狱一样。幸好我提前付清了房租。我住在拉丁人聚居的圣艾洛丝区一间肮脏的廉价小旅馆里，名字叫苏珊娜·梅酒店，以法兰西帝国时代一个著名的妓女命名。我饥肠辘辘，却又无能为力。我甚至连酒店老板聘用服务员的咖啡厅都去不了，因为我付不起买一杯饮品的钱。我只能躺在床上，日渐憔悴消瘦，看着天花板上臭虫横行。我告诉你，我不想再过那种生活了。

"到了第五天下午，我已经陷入半癫狂的状态。至少我当时就是那么觉得的。我房间里的墙上挂着一幅褪色的女人头像，我猜想她会是谁。琢磨了一个小时我想起来了，她一定是圣艾洛丝，是这一区的守护女神。我以前可从来没注意到那幅头像，但那时候我躺在床上，端详着她，脑海里掠过一个奇妙的想法。

"我对自己说道：'听我说，亲爱的，再这样下去你会饿死的。你得做点什么。为什么不试着向圣艾洛丝祈祷呢？跪下去，祈求她赐给你一点钱。说到底，这样子又不会有坏处，试一下！'

"很疯狂吧，呃？但一个人饿肚子的时候什么事情都做得出来。而且我说过了，这样子又不会有坏处。我下了床，开始祈祷：

"'亲爱的圣艾洛丝，要是您真的存在的话，就请显灵赐给我一点钱。我要的不多——够买点面包和一瓶红酒，让我恢复力气就行。三四法郎就够了。大恩大德，感激不尽，圣艾洛丝。我发誓，如果您真的赐我钱财，我第一件事就是到街头您的庙宇里，为您点一支蜡烛作为祭礼。阿门。'

"我许愿要点蜡烛，因为我听说圣人都喜欢凡人点蜡烛表示对他们的崇敬。我当然会恪守诺言。不过我是无神论者，我不大相信会有什么事情发生。

"我又上床睡觉，五分钟后，有人在使劲敲门。那是一个叫玛丽亚的女孩，是个傻大个儿的村姑，也住在那间旅馆里。她很笨，但心地不错，我可不介意让她看到我这副模样。

"看到我她惊叫一声：'我的天哪！你怎么了？你怎么这个时候还躺在床上？你成什么样子了！你看上去活像一个死人。'

"或许我真的看上去很吓人。我已经五天没吃过东西了，大部分时间都躺在床上，有三天没洗漱或刮胡子了，而房间乱得像猪圈一样。

"'你到底怎么了？'玛丽亚继续追问着。

"'怎么了！'我回答道，'上帝啊！我快饿死了。我已经五天没吃东西了。就是这样。'

"玛丽亚吓坏了。'五天没吃东西了？'她问道，'怎么会这样？难道你没钱了吗？'

"'钱！'我回答道，'你觉得要是我有钱，我还会挨饿吗？我只剩下五分钱，东西都当得一干二净。在房间里看看，看有没有能当掉或卖掉的东西，要是你找得到能值个五毛钱的东西，我就说你比我聪明。'

"玛丽亚开始在房间地上那堆垃圾中到处翻寻，突然间她兴奋雀跃起来，厚厚的大嘴惊讶地张开着。

"'你这个笨蛋！'她叫嚷着，'这是什么？'

"我看到她拾起一个空汽油桶，就放在墙角那边。那是我几个星期前买的，给一盏油灯添油，那盏灯已经卖出去了。

"'那个？'我说道，'不就是一个汽油桶嘛，怎么了？'

"'你个蠢货！你不是付了三块五的押金吗？'

"的确，我付了三块五的押金。买一桶汽油的时候他们总是让你付桶的押金，把桶还回去的时候可以把押金拿回来。但我对此忘得一干二净。

"'对哦——'我开始意识到什么。

"'笨蛋！'玛丽亚又叫嚷着。她幸福地跳起舞来，我觉得她的木屐会把地板给踩烂。'笨蛋！大笨蛋！你真是个大笨蛋！你怎么不把这个桶拿回商店里去，然后把押金拿回来？那三块五就在你眼前，而你却在挨饿！大笨蛋！'

"我不敢相信这五天来我居然没有想到把汽油桶退回店里去。那可是三块五法郎啊，我居然完全想不起来！我坐起

身，'快点！'我朝玛丽亚吼道，'你帮我去退，拿到街角那间杂货店里去。跑快点，帮我带点吃的回来！'

"玛丽亚根本不需要我提醒，她拿起汽油桶，咚咚咚地跑下楼梯，脚步声沉重得像一群大象跑了过去。三分钟后她回来了，一只胳膊下夹着两磅面包，另一只胳膊夹着一瓶半升的红酒。我来不及对她说谢谢，一把抓过面包，迫不及待地啃咬起来。你有没有发现，饿了很长一段时间之后，面包吃起来是什么滋味？冷冷的，湿湿的，软软的——就像油腻子一样，但上帝啊，那实在是太好吃了！那瓶红酒我一口就喝个精光，那些酒仿佛直接进入到血管里，就像新鲜的血液一样在我的体内流动。啊，太美妙了！

"那两磅面包我狼吞虎咽，一口气就吃光了。玛丽亚站在那儿，双手托着臀部，看着我吃东西。'嗯，你感觉好些了吗？'等我吃完她问了我一句。

"'好多了！'我回答道，'我感觉棒极了！我可不是五分钟前的我了。现在我只想要一样东西——有支烟抽就好了。'

"玛丽亚探手摸了摸围裙的口袋。'你不用指望了。'她说道，'我没钱。你那三块五全用光了——只剩下七苏，又有什么用，最便宜的香烟要十二苏一包呢。'

"'我有钱！'我说道，'上帝啊，运气真好！我有五苏——钱刚好够了。'

"玛丽亚拿着那十二苏，准备去香烟店买烟。这时我想起了一件事情。是那该死的圣艾洛丝！我答应过她，如果她赐给我钱的话，我会为她点一支蜡烛。而我的祈祷真的应许了。我祈求过她给我三四法郎，接下来就真的有了三法郎又五毛钱。我可不能违背诺言，那十二苏得用来买蜡烛。

"我叫住了玛丽亚。'别买烟了。'我说道，'我答应了圣艾洛丝，为她点一支蜡烛。那十二苏得拿去买蜡烛。很傻，不是吗？我没有烟抽了。'

"'圣艾洛丝？'玛丽亚问道：'关圣艾洛丝什么事？'

"'我向她祈祷，求她赐予我一点钱，答应会为她点一支蜡烛。'我说道，'她满足了我的愿望——不管怎样，钱的确出现了。我得去买蜡烛。我烦死了，但我必须恪守诺言。'

"'但你怎么会想起圣艾洛丝的？'玛丽亚问道。

"'是她那幅画。'我解释了整件事，'你看看，她就在那里。'我指着墙上的画。

"玛丽亚看着那幅画，令我吃惊的是，她笑得乐不可支，重重地踩着房间的地板，捧着她那大肚皮，似乎快要笑炸了。我以为她疯了，她足足笑了两分钟才能开口说话。

"'笨蛋！'最后她说道，'大笨蛋！你真是个大笨蛋！你是说，你真的朝那幅画下跪祈祷？谁告诉你那是圣艾洛丝来着？'

"'那不就是圣艾洛丝嘛!'我说道。

"'笨蛋! 那根本不是圣艾洛丝! 你知道她是谁吗?'

"'是谁?'我问道。

"'是苏珊娜·梅,这间旅馆就是以她命名的。'

"原来我祈祷的对象是苏珊娜·梅,那个法兰西帝国时代有名的妓女……

"不过我可没有在意。玛丽亚和我都笑得很开心,然后我们商量了一下,我们认为我不欠圣艾洛丝什么东西,因为不是她显灵满足了我的愿望,所以我也就用不着为她点一支蜡烛。于是,最后我还是买了一包烟。"

第十六章

日子一天天过去，贾汉·科塔德客栈没有开张的迹象。一天下午，趁着休息的时候波里斯和我去那里看了一下，发现除了那几幅低俗的画弄好了之外，整改工作根本还没有动工，而且上次只有两个债主，这一回却蹦出了仨。老板和我们打了招呼，态度还是那么温和爽快，然后转身向我（他未来的洗碗工）借了五法郎。现在我知道这家餐馆完全只是纸上谈兵的把戏。不过，老板再次重申"从今天算起，再过半个月"，餐馆就会开张，还向我们介绍了一位将担任厨师的女人。她来自俄罗斯波罗的海地区，身高不过五尺，臀部倒有一码宽。她告诉我们她曾是一名歌手，现在不幸沦为厨师，还说她很有艺术天赋，钟爱英语文学，特别是《汤姆叔叔的小屋》。

半个月后我熟悉了当酒店小工的生活，我几乎想象不出生活还能有什么不同。这种生活几乎一成不变。五点三刻的时候我猛然醒来，胡乱穿上油腻腻的衣服，匆匆忙忙地出门，连脸都顾不上洗，浑身的肌肉都在酸痛。天刚亮，窗户都黑漆漆的，只有工人光顾的咖啡厅有灯光。天空就像一面钴蓝色的墙壁，上面贴着剪成了屋顶和尖塔形状的黑色纸片。昏昏欲睡的扫地工人拿着十尺长的扫帚清扫着人行道，捡破烂的家庭在垃圾桶周围拾荒。那些工人和女工一只手拿着巧克力，另一只手拿着羊角面包，纷纷挤进地铁站。电车载满了工人，轰隆隆地开走了。我加快脚步来到地铁站，努力挤出一块地方——早上六点钟的时候乘巴黎地铁，我都必须奋力挤出一个位置——夹在人群当中，晃来晃去，与某张丑陋的法国人的脸鼻尖碰着鼻尖，闻到酸臭的酒味和大蒜味。然后，我来到酒店九曲十八弯的地窖里，一直工作到下午两点才能见到阳光，那时候日头正猛，街上黑压压的车水马龙。

在酒店工作了一个星期后，下午休息时我老是睡觉，口袋里有点钱的时候则会去小酒馆。除了几个比较上进的服务员会去上英语课外，大部分员工都这样消磨时间。经过一早上的忙碌，你会变得懒洋洋的，什么事情也不想做。有时候六七个小工会结伴去西耶士路一家廉价妓院买春，那里的收费只要五法郎二毛五——相当于十个半便士。大家都戏称那里是"定价窑子"，他们每次去完那里都会拿来当笑话进行调侃。在酒店工作的人通常会去这种地方消遣。当小工的薪水根本不可能结婚，而在地下室干久了，审美的品位也下降了。

　　我得在地窖里再干四个小时，然后汗涔涔地走上清冷的街道。巴黎的街灯很奇怪，泛着淡紫的微光，而在塞纳河的那头，埃菲尔铁塔从顶端到底部点缀着锯齿形的天灯，像缠绕着一条巨大的火蛇。川流不息的车辆安静地穿梭往来，在昏暗的灯光照射下，那些女人看上去个个都五官精致，在拱廊街道上徘徊流连。有时一个女人会打量着波里斯或我，然后注意到我们身上油腻腻的衣服，赶紧转头望着别处。到了地铁那你又得艰难地挤进去，回到家的时候已经十点了。从十点到午夜我去街上一间小酒馆，这个酒馆位于地下，那些阿拉伯搬运工经常去那里。这地方老是打架，还砸酒瓶，有一次把我吓得够呛。不过大体上那些阿拉伯人只会窝里斗，不会把基督教徒牵扯来。那种阿拉伯的拉基烧酒很便宜，这间小酒馆二十四小时营业，因为阿拉伯人——幸运的男人——精力旺盛，可以整天工作，整晚喝酒。这就是酒店小工的典型生活，那时候我觉得这种生活挺不错的。我对贫穷并不敏感，因为付了房租，留下足够的钱买烟、搭车和星期天吃饭之外，我每天还剩下四法郎喝酒，四法郎可不是小数。这种深刻的满足感实在是难以表达——就像一头生活简单、饱食终日的野兽所感受到的满足感。再没有什么生活能比酒店小工的生活更简单的了。他就在工作与睡眠两种节奏之间摆动，没有时间思考，几乎对外面的世界一无所知。在他的生活中，巴黎就局限于酒店、地铁、几间小酒馆和卧室。如果他出去游荡，也只会去几条街外的地方，和某个女服务员在一起，她坐在他的膝盖上，大口地吃生蚝，大口地喝啤酒。不用上班的时候他一觉睡到中午，穿上一件干净的衬衣，掷骰子赌酒，吃完午饭后又上床睡觉。只有三样事情在他看来是真实的：吃东西、喝酒和睡觉，而在这三样事情里，睡觉是最要紧的。

一天晚上三更半夜的时候，就在我的窗户底下发生了一起谋杀案。我被喧闹声吵醒了。我走到窗口，看到一个人躺在楼下的鹅卵石路上，还看见那几个杀人犯，有三个人，正朝街尾跑去。我们几个人来到楼下，发现那个人已经死了，头盖骨被一根铅管砸碎了。我记得那些血的颜色，是很奇怪的紫色，像葡萄酒。第二天傍晚回到家里时血迹仍残留在鹅卵石上，他们说有的学校的学生走了几里路过来看这摊血。但现在回想起来，让我觉得震惊的是，当时我躺到床上，三分钟就睡着了，那条街上大部分人也是如此。我们只是想看清楚那个人究竟死了没有，然后就径直上床睡觉。我们都是打工仔，干吗要为一桩谋杀案浪费睡眠时间呢？

在酒店工作让我体会到睡眠真正的价值，正如饥饿让我体会到了食物真正的价值。睡眠不再只是生理上的需要，让身体放松休息，而是一种奢侈沉沦的享受。我不再为臭虫所苦。马里奥告诉了我一个驱虫的验方,那就是把胡椒粉厚厚地洒在被单上。胡椒味让我老是打喷嚏,而那些臭虫受不了那股味道,纷纷迁徙到别的房间去了。

第十七章

　　一周我有三十法郎可以用来喝酒，也让我得以参与这一区的社交生活。星期六晚上在三雀旅馆楼下的小酒馆，我们过得很开心。

　　那是个铺着地砖的房间，只有十五英尺见方，却挤了二十个人，缭绕着香烟的烟气。里面吵得要命，因为每个人都在扯着嗓门说话或唱歌。有时候声音混在一起，根本听不清楚。有时候大家会一起唱同一首歌——唱《马赛进行曲》、《国际歌》、《玛德隆》或《草莓和覆盆子》。阿扎雅是一个高大壮硕的村姑，每天在一间玻璃厂工作十四个小时。她唱了一首《跳着查尔斯顿舞时，他的裤子掉了》。她的朋友玛琳妮是个瘦小黝黑、性情倔强的科西嘉女孩，把膝盖绑在一起，跳了一曲肚皮舞。罗吉尔夫妇老是进进出出，找人讨酒喝，大吐苦水，说曾经有个人欺骗了他们，把他们的床架骗走了。那个英国人R君一脸惨白，静静地坐在角落里独自小酌。查理喝醉了，胖胖的小手端着一杯冒牌苦艾酒，跌跌撞撞地迈着舞步，在女人们的胸膛间摸来掐去，朗诵着诗歌。酒客们玩飞镖，掷骰子斗酒。那个西班牙人曼努尔搂着女孩子走到吧台那里，把骰盅贴在她们的肚皮上，以祈求好运。F太太站在吧台那儿，不停地用锡漏斗倒酒，手里总是拿着一块湿漉漉的抹布，因为房间里每个男人都想和她做爱。大块头路易斯是个砌砖匠，有两个私生子，他们坐在角落里，分享一杯糖浆。每个人都那么开心，坚信这个世界是那么美好，而我们都是地位显赫的人。

欢声笑语一连续了一个小时，几乎没有平息。到了午夜的时候，有人大叫一声，"大伙儿们！"，然后传来椅子翻倒在地的声音。一个长着金发的红脸膛工人站起身，拿着酒瓶往桌上重重一砸。大家都停了下来，纷纷传话道："嘘！福雷克斯要开始了！"福雷克斯是一个怪人，在利穆赞当石匠，整个星期起早贪黑地努力工作，到了周六就会酒瘾发作，喝得酩酊大醉。他失忆了，一战前发生了什么事情都记不得了。要不是F太太看着他的话，他早就喝酒喝死了。星期六傍晚五点钟的时候她就叮嘱别人："看紧福雷克斯，别让他把工资都花光了。"当他喝醉的时候她会把他的钱拿走，只留下能喝醉但不至于烂醉如泥的钱。有一次他把钱留住了，喝得不省人事，踉踉跄跄走到地铁站，被一辆汽车撞倒碾了过去，受了重伤。

福雷克斯的古怪在于，清醒的时候他是个共产主义者，喝醉的时候就变成一个暴烈的爱国主义者。每天晚上他会大谈共产主义的道理，但喝了四五升红酒后，他摇身一变，成为沙文主义者，痛骂间谍，向所有外国人挑衅，要是没有人拦住他的话，就会砸瓶子撒酒疯。到了这个时候他会致辞演讲——每个星期六晚上都会进行爱国主义的演讲。内容总是一字不差：

"共和国的公民们，这里有法国人吗？要是在座的有法国人，我要提醒他们——让他们记得战争时的峥嵘岁月。回首那段充满同志情谊和英雄情怀的时光——回首那段充满同志情谊和英雄情怀的时光，当我们记起那些逝世的英雄们——当我们记起那些逝世的英雄们，共和国的公民们，我在凡尔登挂过彩——"

说到这里，他就会脱掉衣服，展现他在凡尔登留下的伤口。大家都欢呼鼓掌，觉得再没有比福雷克斯的演讲更有趣的事情了。在这一区他可是出了名的人物。当我们的狂欢开始时，别的酒馆的人经常会过来看热闹。

大家都传开话了，要引诱福雷克斯出丑。某个人会朝别人使眼色，要求大家保持安静，邀请福雷克斯唱《马赛曲》。他唱得很好，声线低沉圆润，当唱到"拿起武器，公民们！组织起你们的军队！"这一句时，胸膛深处会冒出咕嘟嘟的声音，展露他拳拳的爱国之情，两行真挚的泪水划过脸颊，簌簌往下掉。他已经喝醉了，没有注意到大家都在嘲笑他。接着，在他唱完之前，两个强壮的工人各搀扶着他一边，把他架了下去，阿扎雅跑到他够不着的地方，高喊着："德意志万岁！"听到这些话，福雷克斯的脸气得发紫。接着，酒馆里的每个人都一起高喊着："德意志万岁！打倒法兰西！"福雷克斯挣扎着要去斥责他们，但突然间搅坏了欢乐的气氛。他的脸变得煞白煞白的，四肢松软，在别人拦住他之前就在桌子上呕吐起来。F太太会把他像麻袋一样扛下去，放倒在床上。第二天早上他又变成了一个安静斯文的人，买一份《道德报》阅读。

那张桌子被擦干净后，F太太端来了更多的红酒和面包，我们继续兴高采烈地喝酒唱歌。一个流浪歌手拿着五弦琴走进酒馆，为我们唱歌作乐，一首歌收五苏。一个阿拉伯人和从街那头的小酒馆来的姑娘跳了一支舞，阿拉伯人挥舞着一根圆珠笔大小的木制仿阳具，上面涂了油漆。现在酒馆里的喧闹时断时续。大家开始谈论自己的恋爱史，谈论战争，谈论在塞纳河钓触须白鱼，谈论进行革命的最佳方式，讲各种各样的故事。查理又清醒了过来，加入对话，谈论自己的灵魂，说了有五分钟。酒馆的门和窗都打开了，给房间降降温。街上空荡荡的，可以听到远处的运奶车顺着圣米歇尔大街轰隆隆行进的声音。我们的额头被风吹得凉冰冰的，劣质的非洲红酒味道尝起来依然很不错，我们都还很开心，但狂欢叫嚣的气氛开始渐渐散去。

一点钟的时候我们不再觉得开心。我们觉得狂欢夜的快乐正在悄悄褪去，于是要求老板多上点酒。但 F 太太开始往酒里掺水，酒的味道完全变了。男人们越来越吵闹，乱啃乱亲那些女孩，探手去摸她们的胸脯，而她们逃之夭夭，不让更糟糕的事情发生。大块头砌砖匠路易斯喝醉了，趴在地板上，像狗一样乱吠乱叫。其他人烦透了他，趁他醉得不省人事踢了他几脚。大家互相拉着对方的胳膊，开始冗长地倾诉心声，看到这些话对方完全没有在意，就会气急败坏。酒客越来越少。曼努尔和另一个人都喜欢赌钱，他们去了那间阿拉伯小酒馆，那里的牌局会一直持续到天亮。查理突然问 F 太太借了三十法郎，然后离开了，可能是去了妓院。有几个人喝光杯子里的残酒，说了一声："女士们，先生们，晚安！"然后上床睡觉。

　　一点半的时候，最后一丝快乐消失得无影无踪，留下的只有头疼。我们不再觉得自己是生活在这个幸福世界的幸运儿，而只是一群薪酬微薄的打工仔，浑身脏兮兮的，喝得烂醉如泥。我们继续大口喝酒，但那只是一种习惯行为，突然间那些酒变得令人反胃。我们觉得头胀得像气球一样，地板在摇来晃去，舌头和嘴唇被酒染成了紫色。最后我们再也撑不住了，几个人跑到酒馆后面的小院子里呕吐。我们爬上床，衣服还没脱光就躺倒下去，一睡就是十个小时。

　　星期六晚上我基本上都是这么过的，能有两个小时觉得那么开心快乐，即使代价是头疼欲裂，似乎也是值得的。对于这一区许多人来说，他们没有结婚，也不去考虑未来，每周的饮酒作乐让他们觉得生活还值得继续过下去。

第十八章

一个星期六晚上，查理在小酒馆给我们讲了一桩趣事。你可以想象他的模样——喝得醉醺醺的，但说话还很利索。他重重地砸着镀了锌的吧台，叫大家安静下来：

"安静，女士们，先生们——我恳求你们安静！我要给大家讲个故事，一个值得记住的故事，一个很有启迪意义的故事，一则对高尚而有教养的生活的回忆。安静，先生们，女士们！

"那一次我穷得一分钱都没有，你们知道挨穷是怎么一回事——真是不幸啊，像我这么斯文的人竟然落得这般境地。家里还没有给我寄钱，我把所有东西都当掉了，唯一的出路就是去找工作，而我根本不想工作。那时我还和一个女孩子住在一起——她叫伊婉妮，长得很漂亮，但人傻傻的，是个乡下妹，就像那边的阿扎雅，长着一头黄发，小腿很肉感。我们两人三天没有吃东西，我的天哪，饿得可惨了！她总是在房间里走来走去，双手捧着肚子，像狗一样嚎叫不停，说她快饿死了。太可怕了。

"但对于一个聪明人来说，没什么事情是办不到的。我问自己：'不去工作而弄到钱，最简单的方法是什么？'我立刻就想到了答案：'当女人就能轻松挣钱，每个女人不都可以出卖自己吗？'然后我躺了下来，想想要是我是女人会怎么做。还真给我想出了一个主意。我想到了公立妇产科医院——你知道公立妇产科医院吗？去了那里怀孕的女人可以免费吃饭，他们什么也不会问。这么做是为了鼓励多生小孩。任何女人都可以过去要顿饭吃。

"'我的天哪！'我心想，'要是我是女人就好了！我就可以每天去那里蹭饭。不做检查的话，谁知道那个女人有没有怀孕？'

"我对伊婉妮说道：'别鬼叫了。我已经想到弄到食物的办法了。'

"'怎么办？'她问道。

"'很简单。'我回答，'去公立妇产科医院，告诉她们你怀孕了，然后要饭吃。他们什么也不会问，就会给你一顿饱饭吃。'

"伊婉妮大吃一惊。'是吗，我的天哪！'她叫嚷着，'我又没有怀孕！'

"'谁在乎呢？'我说道，'这个好办。你只需要塞一个垫子——要是有必要的话塞两个垫子也行。这可是上天给我

的启示，亲爱的。机不可失。'

"最后我说服了她，我们借了一个垫子，我把她装扮好，带她去了妇产科医院。她们很欢迎她，给她准备了卷心菜汤、蔬菜炖牛肉、土豆泥、面包、奶酪和啤酒，还告诉了她关于照顾宝宝的许多建议。伊婉妮吃得整个人几乎都炸了，还往口袋里装了些面包和奶酪给我吃。我每天都带她去那儿吃饭，直到我收到了钱。靠着我的聪明才智，我们渡过了难关。

"一切都很好，直到一年之后，我又和伊婉妮在一起。有一天我们在兵营附近的皇家港口大道散步，突然间伊婉妮大张着嘴，脸一下子红了起来，然后变得雪白，接着又变红了。

"'我的天啊！'她叫嚷着，'看看谁来了！是那间妇产科医院的护士长！这下死定了！'

"'快点！'我说道，'我们离开这儿！'但为时已晚。那个护士认出了伊婉妮，一脸微笑朝我们走过来。她体格高大壮硕，戴着一副金色的夹鼻眼镜，脸膛就像红苹果一样丰润，是那种好管闲事的大妈。

"'一切都还好吗，年轻的妈妈？'她和蔼地问道，'孩子呢？他还好吧？是个男孩吧？你一直都想生个男孩的。'

"伊婉妮浑身战栗，我不得不抓住她的胳膊。'不是。'最后她说了一句。

"'啊，那一定是个女孩了？'

　　"这时伊婉妮完全没了主意，傻傻地说：'不是。'她居然又冒出这么一句!

　　"护士非常惊讶。'哎呀!'她惊叫一声，'不是男孩，也不是女孩! 那是怎么一回事？'

　　"你们想象一下吧，女士们，先生们，那可是危急的关头。伊婉妮的脸看上去活像一个甜菜根，随时都会大哭起来。再过一秒钟她就会将事情和盘托出。天知道后果会怎样。但我还很清醒，我插了话，挽救了危险的情形。

　　"'是双胞胎。'我平静地回答。

　　"'双胞胎!'护士惊喜地叫出声来。她高兴地搂住伊婉妮的肩膀，亲吻了她两边面颊。

　　"'是的，双胞胎……'"

第十九章

我们在 X 酒店干了五六个星期后的一天，波里斯没有说一声就走了。傍晚的时候我发现他在利沃里大街等我。他高兴地拍了拍我的肩膀。

"终于自由了，我的朋友！你明天就可以辞职了。客栈明天开张。"

"明天？"

"或许我们还得花一两天的时间筹备，但不管怎样，再也不用在便餐部受气了！我们是枪骑兵，我的朋友！我已经把那件马甲从当铺里赎出来了。"

看他那副得意洋洋的样子，我知道这件事肯定有蹊跷。我不想辞掉酒店这份安稳而舒适的工作。但是，我答应过波里斯，于是我辞职了，第二天早上七点钟的时候来到贾汉·科塔德客栈。门是锁着的。我去找波里斯，他从原先住的地方搬了出去，在尼威特十字路租了个房间。我发现他还在睡觉，搂着一个昨晚叫的小妞，按他的话说，"实在是我见犹怜"。他说餐馆一切都安排好了，就差几件小事情，处理完就可以开张了。

十点钟的时候我弄醒了波里斯，我们撬开了餐馆的门。匆匆看了一眼，我意识到"几件小事情"意味着什么。自从上次来之后，装修工作一直没有进展，厨房的炉子还没到，水电还没有铺设，油漆、抛光、木工等活儿还没有干完。除非奇迹发生，再过个十天餐馆也甭想开张。而且看起来不用等到开张餐馆就会垮掉。发生了什么事再清楚不过：老板没钱了，他跟员工说好上班（我们员工有四个人），是想把我们当装修工人使唤，这样他几乎一个子儿也不用掏，因为服务员是不用支工资的。但他得给我支工资，但得等到餐馆开张我才有薪水拿。事实上，餐馆还没开张他就把我们叫去，坑了我们好几百法郎。我们丢掉了一份好工作，却什么也捞不到。

但是波里斯仍充满了希望，他脑海里只有一个念头，那就是，他终于有机会再穿上一件马甲当一名服务员。为了这个，他愿意无偿工作十天，虽然到最后可能还是没有工作。"耐心！"他总是说，"事情会安排妥当的。等餐馆一开张，我们就什么都挣回来了。耐心，我的朋友！"

我们的确需要耐心，因为日子一天天过去，装修工作迟迟未能完成，餐馆无法开张。我们打扫了地窖，弄好了架子，粉刷墙壁和屋顶，把那些家具抛光，铺了地砖，但最主要的工作——水管、煤气和电工仍然没有做，因为老板付不了钱。显然，他已经山穷水尽，因为连最小的支出他都不愿意掏钱，一管他要钱他就逃之夭夭。他天生一副贵族的派头，为人又狡猾，很难对付。那些神情忧郁的债主时时都会上门找他，按照吩咐，我们总是告诉他们老板在枫丹白露或圣克劳德，或其它距离遥远的地方。这段时间我越来越饿。离开酒店时我只有三十法郎，立刻回到了啃干面包的日子。波里斯从老板那里要到了六十法郎的预支薪水，但一半用在了赎回他那套服务员的行头上，另一半花在了那个"我见犹怜"的女孩身上。他每天问另一个服务员朱尔斯借三法郎用来买面包。有几天我们甚至没钱买烟抽。

那个女厨师不时会过来看看事情进行得怎么样了，看到厨房里仍然没有锅碗瓢盆，她总是会黯然啜泣。另一个服务员朱尔斯老是不肯帮忙。他是马扎尔人，肤色有点黑，相貌棱角分明，戴一副眼镜，非常健谈。他以前学过医，但由于没钱只能放弃学业。别人在工作的时候他却在滔滔不绝地说个没完，他告诉了我关于他生平的一切和他所有的想法。他似乎是个共产主义者，有一些古怪的理论（他可以用数字向你证明工作是错误的选择），而且和大多数马扎尔人一样，他非常骄傲。骄傲而懒惰的人是当不了好服务员的。朱尔斯最爱炫耀的就是，有一次餐馆里一个客人侮辱了他，他就把一碟热汤顺着那个客人的脖子淋了下去，然后不等老板解雇他就大摇大摆地离开了。

　　日子一天天过去，朱尔斯对于老板和我们耍的那套把戏越来越无法忍受。他说起话来滔滔不绝，唾沫横飞，老是走来走去，挥舞着拳头，想把我拖下水，一起偷懒。

　　"放下那把刷子，你这个蠢蛋！你和我都是骄傲的民族，我们不像这些该死的俄罗斯仆人，不给我们支工资我们干吗要干活？告诉你吧，像这样上当受骗对我来说可是奇耻大辱。有人曾经骗过我，但就算只是五苏，我也要报复——是的，满腔怒火进行报复。

　　"还有，老伙计，别忘了我是个共产主义者，打倒资产阶级！有人见过我在可以偷懒的情况下还在工作吗？没有。我不仅不会像你们这帮傻瓜那样疲惫地工作，我还会偷东西，以此展示我的独立。有一次我在一间餐馆上班，那儿的老板以为他可以把我当狗那样使唤，好嘛，我想出了一个办法，我从牛奶罐里偷奶，然后再把罐子封好，没人知道是我干的，以这种方式报复他。告诉你吧，我就没日没夜地喝奶，每天喝四升牛奶，还吃半升奶油。老板绞尽脑汁也想不通牛奶都到哪儿去了。你明白吗，我要的不是牛奶，因为我讨厌牛奶。这是原则问题，就这么简单，原则问题。

　　"三天后，我开始觉得胃疼得厉害。我去看医生。'你最近吃了什么？'医生问道。我回答说：'我一天喝四升牛奶，还吃了半升奶油。''四升牛奶！'医生说道，'快别吃了。如果再这么吃下去你的胃会炸的。'我可不在乎。'我回答道,'对我来说,原则就是一切。我会继续喝牛奶,就算胃炸了也喝。'

"第二天老板逮到我偷牛奶。'你被解雇了。'他说道,'这星期干完你就走人。'

"'对不起,先生,'我说道:'今天上午我就走人。''不,你不能走。'他说道,'你得干到星期六才能离开。''好嘛,亲爱的老板,'我心想,'我们走着瞧,看谁先顶不住。'然后我开始捣乱,砸烂餐具。头一天我打破了九个盘子,第二天打破了十三个。最后老板只能高高兴兴地把我打发走。

"我可不是他请的那些俄国农民……"

十天过去了,这段时间非常难挨。我的钱差不多用完了,还欠了几天房租。我们在那间空荡荡的餐馆里闲坐,肚子实在是饿得不行,完全没有心思把剩下的工作干完。现在只有波里斯仍然相信餐馆会开张。他已经下定决心要当上主管,自我安慰说老板的钱都被股票套牢了,在等候适当的时机将其卖掉。到了第十天,我没饭吃,也没有烟抽,我告诉老板再不给我预支薪水我就不干了。老板还是那么温和,答应给我预支薪水,然后,和往常一样,消失得无影无踪。回家的路上,我走到半路,但实在没有勇气看到 F 太太,因为我还欠她房租,于是我在马路边一张长凳上坐了一夜。我觉得很不舒服——椅子的扶手硌着你的背——而且天气比我想象的要冷得多。从天亮到上班那段时间特别无聊，我觉得自己真是个傻瓜，竟然任由这帮俄国人摆布。

接着，那天早上，时来运转了。显然，老板和他的债主们达成了协议，因为他口袋里揣着钱回来了，让装修工作继续进行，还给我预支了薪水。波里斯和我买了通心粉和一片马肝。这十天来我俩头一回吃了顿热乎乎的饭。

装修工人被叫回来工作，整改工作匆匆赶完，手艺粗制滥造。比方说，那些餐桌原本得用粗呢布盖着，但老板发现粗呢布太贵了，买了些废弃的旧军毯，老是散发出一股汗臭味。当然，上面会盖着桌布（都是方格桌布，以衬托"诺曼式"的装修风格）。最后一个晚上我们一直干到凌晨两点钟，总算把工作给赶完了。餐具直到八点钟才到，这些都是新买的，得洗干净。而刀叉和餐巾得到第二天早上才能送来，于是我们用老板的一件衬衣和看门人的一条枕巾把碗碟擦干净。所有的工作都是波里斯和我干的，朱尔斯老是躲在一边，老板和他老婆与一个债主和几个俄国朋友在喝酒，预祝餐馆生意兴隆。女厨师在厨房里拿脑袋撞着桌子，哭个不停，因为她得为五十个客人做饭，但那些锅碗瓢盆只够为十个人做饭。半夜的时候有一帮债主上门了，他们想把老板赊账买来的八口铜炖锅拿走，老板花了半瓶白兰地，总算把他们摆平了。

朱尔斯和我错过了最后一班地铁回家,只能睡在餐馆的地板上。第二天早上,我们一醒来就看见两只大老鼠坐在厨房的桌子上,吃着上面的火腿。这似乎不是什么好兆头,我比以往任何时候都坚信,贾汉·科塔德客栈将会倒闭关门。

第二十章

老板让我在厨房里当小工，我的工作包括洗碗、打扫厨房、准备蔬菜、泡茶、泡咖啡、做三明治、做点简单菜式，还得跑腿。待遇和以前一样，每个月五百法郎包伙食，但我没有休息日，也没有固定的工作时间。X酒店是餐饮业中我见过最好的，预算充裕，组织得当。而如今，在这间客栈我见识到了一间非常蹩脚的餐馆是如何运作的。我觉得有必要描述一下情况，因为巴黎有数百间像这样的餐馆，每个游客都时不时会在其中一间用餐。

顺便提一下，这间客栈可不是学生和工人会光顾的普通小吃店。在这里吃顿饭起码得要二十五法郎，因为店里布置得挺别致的，又有艺术气息，彰显了我们的社会地位：吧台上画着海淫海盗的图画，还有诺曼式风格的装修——墙上镶了假的横梁，电灯做成了烛台的样子，摆着"乡村气息"的陶器，门口甚至还有一个上马台——老板和领班服务员都是俄国的前任军官，许多顾客都是俄国难民。一言以蔽之，我们是一家时髦洋气的餐馆。

打开厨房的门，里面称之为猪圈也不为过，而我们的后堂服务就像在做猪食。

厨房长十五英尺，宽八英尺，一半的面积被炉子和桌子所占据。所有的锅碗瓢盆都得放在够不着的架子上。剩下的空间只够放一个垃圾桶。通常到了中午这个垃圾桶就被填得满满的，地板上堆满了一英寸厚、被踩得稀烂的食料。

我们只有三口煤气炉，没有烤炉，所有的肘子蹄髈都得送到面包店里烤熟。

厨房里没有食物储藏柜，我们只能把东西临时存放在院子里一间顶棚塌了一半的棚屋，棚屋中间还长了一棵树。肉类、蔬菜和其它东西就堆放在地上，任由老鼠和猫肆虐。

厨房里没有铺设热水，用来洗东西的水必须用锅先烧热，做饭的时候炉子都被占用了，根本没有地方烧水，大部分碗碟只能用冷水清洗。由于巴黎的水太硬，肥皂又不给力，我只能用报纸把油渍擦掉。

厨房里煎锅不够用，每一口煎锅用完之后我就得赶紧将其洗干净，而不能把它们留到晚上再处理。光是这一工作每天就得浪费一个小时。

由于装修的时候为了省钱而马虎应付，到了晚上八点钟电灯的保险丝就会烧掉。老板只准我们在厨房里点三根蜡烛，厨师又说点三根蜡烛不吉利，于是我们只点了两根。

我们的咖啡研磨机是从附近一间小酒馆那里借来的，而垃圾桶和扫帚也是从门房那儿借来的。第一个星期过去了，一批餐巾没有从洗衣店那里送回来，因为账单没有付清。而劳动局巡查员老是找我们的碴，因为他发现员工里没有法国人。他和老板私底下聊了几回，我相信老板不得不贿赂了他。电力公司现在还在催债，而那些债主们发现我们会以开胃酒暂时应付他们，每天早上都过来蹭酒喝。我们欠杂货商钱，原本应该还钱了，但杂货商的老婆（一个长了胡须的六十岁老太婆）挺喜欢朱尔斯，于是老板就每天派他过去哄她开心。每天我到菜市场买菜时老是得花上一个小时讨价还价，为的就是省几毛钱。

这些就是在资金不足的情况下开始经营餐馆的结果。就在这样的条件下，厨师和我一天得做三四十顿饭，以后可能得做上百顿饭。第一天我们就吃不消了。厨师的工作时间从早上八点一直干到午夜，而我则从早上七点一直干到夜里十二点半——十七个半小时，几乎没有休息。直到下午五点，我们才有时间好好坐下来，而坐的地方只有垃圾桶盖。波里斯就住在附近，不用赶最后一班地铁回家。他从早上八点一直干到半夜两点——每天十八个小时，一星期干七天。虽然这么长的工作时间在巴黎并不多见，但也毫不稀奇。

这种生活很快就成为常规，X酒店的生活倒显得像是在度假。每天早上六点钟我就得把自己赶下床，没有刮胡子，有时连脸都来不及洗就赶到意大利广场那一站，拼命挤上地铁。七点钟的时候我走进冰冷肮脏、空无一人的厨房，地上堆满了土豆皮、骨头和鱼尾巴，还有一堆油腻腻的盘子，是昨晚留下来的。我还不能开始洗盘子，因为水是冷的，而且我得去拿牛奶，煮咖啡，因为其他人八点钟到，希望咖啡已经备好了。并且，我还得洗干净几个铜炖锅。那些铜炖锅堪称是小工生活中的噩梦，得用沙子和铁丝球才能刷干净，洗一口锅就得花十分钟的时间，然后用巴素擦铜水把外面擦干净。幸运的是，做这些炖锅的手艺已经失传了，它们渐渐从法国的厨房里绝迹，但你还是可以买到二手货。

当我开始清洗盘子时，厨师会把我支去剥洋葱，而当我开始剥洋葱时，老板就来了，叫我去买卷心菜。等我买了卷心菜回来，老板娘会叫我到半英里外的某间商店买一罐胭脂。等我回来的时候我还得洗青菜，而那些盘子还没有洗。就这样，我们根本来不及把活儿干完，一整天下来，没干完的事情一件件积压，每一样事情都被拖延了。

十点钟之前，活儿还相对轻松一些，我们都干得很快，没有人发脾气。厨师会抽空说说她的艺术天赋，问我是否认为托尔斯泰是位文坛大腕，在砧板上切牛肉时会唱起悦耳的女高音。但到了十点钟，那些服务员开始聒噪着要吃午饭，他们吃饭的时间很早，因为十一点钟的时候第一批客人就来了。突然间每一样事情都变得匆忙起来，每个人都开始发脾气。与 X 酒店的匆忙奔走和大声叫嚷不一样，这里尽是一些无聊琐碎的刁难，令人非常光火，心里非常不爽。厨房里拥挤不堪，碗碟都堆在地上，每个人都得小心翼翼，免得踩到它们。厨师走动的时候，她那硕大的屁股老是会撞到我，而且总是絮絮叨叨地说个没完：

"你真是傻到家了！我告诉过你多少次了，别把甜菜根的汁给弄干。快让开，我要用水槽！把那些刀子拿走。那些土豆快点削好。你把我的过滤器放哪儿去了？噢，别理会那些土豆了。我不是告诉过你了吗，把牛肉清汤的那层油给刮掉。把那锅水从炉子上拿开。别洗碗了，把这芹菜切了。不，不是那样切，你这个笨蛋，是这样切。那边！看看，你把那些豌豆煮过头了！现在去把那些鲱鱼的鳞给刮掉。看看，你觉得这盘子洗得干净吗？用你的围裙把它擦干净。你怎么把那盘沙拉放在地上？对了，就放在那儿，我好踩上去是吧！留神，那口锅烧开了！把那口煎锅给我拿下来。不是那个，是另一个。把这个放在烤架上。把那些土豆扔掉。别浪费时间，把它们放在地上就好。往上面踩两脚。洒点锯末，这地板简直就是个溜冰场。看看，你这个笨蛋，那块牛排烧焦了！我的天哪，为什么他们给我配了这么个傻瓜当小工？你在和谁说话？你知道我姑妈是位俄国伯爵夫人吗？"等等等等。

这种情况会一直持续到下午三点，只是十一点的时候厨师会悲从中来，哭成一个泪人。从三点到五点是服务员们相对轻松的时间，但厨师还是很忙，而我得以最快的效率工作，因为有一堆脏盘子等着洗，我得抢在晚饭时间开始之前全部洗好，起码得洗好一部分。由于条件简陋，工作量起码加重了一倍——滤水板非常局促，水老是半温不滚，抹布都湿漉漉的，而那个水槽每个小时都会堵一次。到了五点钟的时候厨师和我已经累得站都站不稳了，从早上七点到现在，我们没有吃过东西或坐下来歇过一会儿。我们总是累得趴下，她坐在垃圾桶上，而我坐在地上，喝着一罐啤酒。我们会为早上说的一些话道歉。是茶让我们继续撑下去。我们总是让一口锅烧开着，一天得喝几品脱的茶。

五点半的时候，餐馆里又开始忙碌碌吵闹起来。而比刚才更糟的是，现在大家都累了。六点钟的时候厨师会再大哭一场，然后九点钟的时候哭第三场。她的啼哭是有规律可循的，基本上可以掐着钟点估算出来。她会一屁股坐在垃圾桶上，开始歇斯底里地哭泣，然后嚎啕着说她从未想过这样的生活会降临到她头上；她受不了这样的折磨；她在维也纳学过音乐；她有个卧床的丈夫需要照顾；等等等等。换成别的时候，我们或许会同情她，但我们都累得够呛，她的哭喊徒令我们感到恼火。朱尔斯总是站在门口，模仿她的啜泣。老板娘老是说个不停，波里斯和朱尔斯整天都在斗气，因为朱尔斯老是偷懒，而波里斯自恃是主管，老是抽走小费的大头。餐馆刚开张第二天他们就在厨房里为了两法郎的小费大打出手，厨师和我不得不把他们劝开。唯一没有失态的人是老板，他和我们一样整天都待在店里，但他没有事情做，因为料理事情的是他老婆。他的工作除了负责后勤外，就是站在吧台那里抽烟，让自己看上去像个绅士，而这一点他做得非常出色。

厨师和我一般在十点和十一点之间吃饭。到了午夜，厨师偷一包食物给她丈夫吃，就藏在衣服下面，然后就走了，哭哭啼啼地说干这么长的时间会要了她的命，说她明天早上就辞职不干。朱尔斯也在午夜时离开，通常会先和波里斯大吵一架，留下波里斯看着吧台直到半夜两点。从十二点到十二点半，我竭尽所能尽量多洗一点东西。我根本没有时间把活儿干得像样一些，只是用桌布把盘子上的油渍擦掉。至于地板上的脏东西我就由得它在那儿，或把最脏的东西扫到炉子底下，眼不见心不烦。

十二点半的时候我会穿上大衣，匆匆出门。老板的态度还是那么温和，在我顺着道经过吧台时会让我留步。"嘿，亲爱的先生，你看上去很累啊。请赏个脸，喝了这杯白兰地吧。"

他会毕恭毕敬地给我端一杯白兰地，似乎把我当成了一位俄国公爵，而不是一名餐馆小工。他总是这么客气，作为我们一天工作十七个小时的补偿。

最后一班地铁通常几乎没有人——这可真是太好了，因为我可以坐下来，睡上一刻钟。躺在床上的时候已经一点半了，有时候我会错过地铁，只能在餐馆打地铺，但我并不觉得有什么不便，那个时候就算是地上铺满鹅卵石我也睡得着。

第二十一章

　　这样的生活持续了半个月，活儿越来越多，因为到餐馆吃饭的客人渐渐多起来了。本来我可以在餐馆附近找个房间，这样每天可以节约一个小时，但我根本没有时间搬家——我甚至没有时间理发、看报纸或更换全身上下的衣服。十天后我挤出十五分钟，给伦敦的朋友B君写了封信，问他能不能给我找份工作——做什么都无所谓，只要能让我每天睡五个小时以上就行。一天让我工作十七个小时我实在是吃不消，尽管有很多人认为这根本没有什么。当一个人劳累过度时，摆脱自怜自伤的一个好办法是去想在巴黎的各个餐馆有数以千计的人每天得工作这么多个小时，而且不是几个星期，而是长年累月如此。我住的旅馆附近有家小酒馆，里面一个女孩从早上七点一直工作到午夜，干了整整一年，只有坐下来吃饭的闲工夫。我记得有一次我请她过来跳舞，她笑了起来，说她好几个月来最远只去过街角。她操劳过度，在我离开巴黎的时候就去世了。

才过了一个星期，我们个个都累得疲惫不堪，神经衰弱，只有朱尔斯例外，因为他总是偷懒。原本餐馆时不时才吵一架，现在我们吵个没完。每个人总是絮絮叨叨，隔几分钟就会大吼大叫一场。厨师老是嚷嚷着："给我把那个炖锅拿下来，你个蠢货！"（她个子太矮，够不着放炖锅的架子。）"要拿你自己去拿，你个老婊子。"我会反唇相讥。一接触到厨房里的空气，这些话几乎就会脱口而出。

为了鸡毛蒜皮的小事我们吵得不可开交。比方说，为了那只垃圾桶怎么摆放我们就老是吵个没完——照我的意思摆放，它占了厨师的道，照她的意思摆放，它就横在我和水槽之间。有一回她老是唠叨个不停，最后我为了刁难她，把垃圾桶举起来，放在厨房中间，挡住她的道。

"好了，老婊子，你自己搬吧。"我说道。

那个可怜的老女人根本搬不动垃圾桶，一屁股坐了下来，把头搁在桌子上，哇地一声哭了起来。而我则对她大肆嘲讽。疲劳过度就会让人变得这么可怕。

几天过后，厨师不再谈论托尔斯泰和她的艺术天赋，除了工作之外，我们俩互不搭理。波里斯和朱尔斯也势同水火，而且两人根本不理会那个厨师。连我和波里斯之间也不怎么说话了。我们原先都说好了，工作时候说过的骂人话下班后就把它忘掉，但我们彼此间说过的话实在是太难听了，令人难以释怀——而且根本没有多少下班的时间。朱尔斯越来越懒，还经常偷食物——照他的说法，是出于一种使命感。他骂我们几个是工贼——因为我们不肯和他合伙偷东西。他心肠很坏。他告诉过我，出于尊严，有时候在给客人端汤过去之前他会把一块肮脏的桌布放进汤里，以这种方式向资产阶级报复。

厨房越来越脏，虽然我们设法逮到了几只老鼠，但它们却越来越猖獗。看着这间污秽不堪的房间——生肉和垃圾堆在一起摆在地上，冷冰冰的、结了油渣的炖锅四处乱放，水槽堵住了，漂着一层油污——我总是猜想世界上还有没有别的餐馆像我们这间餐馆一样肮脏。但他们三个异口同声地说他们在更脏的地方工作过。朱尔斯看到地方这么脏却觉得很高兴。下午他没什么事情做，总是站在厨房门口嘲笑我们干活太卖力了。

"笨蛋！干吗要洗那个盘子？在你裤子上擦一擦不就好了嘛。谁会在意那些顾客呢？他们根本不知道发生了什么事情。餐馆工作是怎么一回事？你在切一只鸡，那只鸡掉到了地上。你向客人道歉鞠躬，然后你走了出去，五分钟后从另一扇门进来——鸡还是同一只鸡。这就是餐馆工作。"等等等等。

奇怪的是，虽然这里很脏，而且做的饭菜味道不怎么样，贾汉·科塔德客栈的生意却很红火。头几天我们的顾客都是老板的俄罗斯朋友，然后来了几个美国人和其他外国人——没有法国人。然后，一天晚上，餐馆的气氛突然变得很兴奋，因为我们的第一个法国顾客上门了。我们暂时把吵架的事情抛在一边，团结一致，要做出一顿美味的饭菜。波里斯蹑手蹑脚地走进厨房，抬起大拇指神秘兮兮地说道：

"嘘！注意了，有法国佬来了！"

过了一会儿，老板娘来了，悄悄对我们说：

"听好了，有法国佬上门了！所有的蔬菜给他多加点儿分量。"

那个法国人吃着东西时，老板娘站在厨房门口的格子窗后面，观察着他脸上的表情。第二天晚上，那个法国人回来了，还叫来了另外两个法国人。这意味着我们打响了名号——一家蹩脚餐馆的标准就是，只有外国人去那里吃饭。或许，成功的一部分原因是老板突然灵光一闪，订购了几把锋利的餐刀。的确，锋利的餐刀就是餐馆成功的秘密。这件事让我很高兴，因为它打破了我脑海中一个不切实际的想象，那就是法国人懂得欣赏美食。或许，按照巴黎的标准，我们这家餐馆确实算得上是还不错了。照这么说，我实在想象不出那些糟糕的餐馆会是怎样一番情形。

我给朋友 B 君写了信没几天，他就回了信，说他可以帮我找到一份工作，照顾一个先天性的痴呆人士。在贾汉·科塔德客栈待过之后，这份工作听起来像是度假。我想象着自己在郊野小径漫步，拿着手杖敲掉蓟丛上的尖刺，吃着烤羊肉和蜜糖馅饼，盖着薰衣草味道的被单，一晚睡十个小时。
B君给我寄了一张五英镑的钞票当路费和赎回当铺里的衣服的费用，这笔钱一到，我立刻提前一天辞职，离开了餐馆。
我离开得那么匆忙，让老板很尴尬，因为和以往一样，他身上没多少钱，欠了我三十法郎的工钱。但是，他只请我喝了一杯48年的库瓦西耶白兰地，我想他觉得这样我们就两讫了。他们雇了个捷克人顶替我。他是一个非常能干的小工，而几个星期后，那可怜的老厨师被解雇了。后来我听说，厨房里的两个人现在都很能干，小工一天只需要干十五个小时，但这已经是最短的工作时间，因为厨房里的设施实在是太落后了。

第二十二章

我想谈一谈巴黎小工们的生活，这样的生活到底有什么意义。当我琢磨这件事的时候，我很奇怪在巴黎这么一个现代化大都市，竟然有数以千计的人在火烧火燎的地下室里洗碗，一干就是十几个小时。我想问的是，为什么会有这样的生活——这种生活到底有什么意义？谁愿意一直忍受下去？为什么我不以消极怠工的态度进行反抗？我要思考的是一个小工的生活所蕴含的社会意义。

我觉得，首先，小工可以被归为当代世界的奴隶。这么说并不是为了同情他们，因为比起许多体力劳动者，他们的生活要好过一些。但比起那些被买卖的奴隶，他们并没有多少自由。他们的工作很卑微低贱，毫无艺术气息。他们的工资仅仅足以维持温饱，只有被解雇的时候才能休息。他们无法结婚，就算他们结了婚，他们的妻子也得工作。除非机缘巧合，否则他们根本无法摆脱这种生活，要么就只能进监狱。现在，在巴黎洗碗的人中不乏大学毕业生，每天工作十到十五个小时。你不能说这是因为他们懒惰，因为一个懒惰的人不会去当小工。他们的时间被工作占据得满满的，让他们无法思考。要是小工们能够思考，他们早就成立了工会，举行罢工，争取更好的待遇。但他们不会思考，因为他们没有闲暇进行思考，沦为了生活的奴隶。

问题是，为什么像这样的奴隶制会继续存在？人们都理所当然地认为所有的工作都有其合理性。他们看到别人在从事令人厌恶的工作，就会说这份工作是必需的，然后就认为自己解答了这个疑惑。比方说，挖煤是辛苦的工作，但辛苦是必需的——我们得有煤。在阴沟里工作是很恶心，但总得有人去掏阴沟。因此，总得有人去当小工。有人去餐馆吃饭，那就得有人去餐馆洗碗，一周干八十个小时。这就是文明社会的本质，因此是毋庸置疑的。这种想法值得我们思考一下。

小工这份工作对于文明社会真的必不可少吗？我们总是认为，既然小工的工作这么辛苦而令人厌恶，那么它一定是"实诚"的工作，其实我们未免把体力劳动的地位抬得太高了。我们看到一个人在伐木，我们一心以为他是在满足社会的需要，因为他在辛勤地劳动。我们不会想到，或许他把这棵树砍倒，只是为了给一尊丑陋的雕像腾出地方。我想这种情况也适用于描述一个小工。他干得汗流浃背，以此养活自己，但这并不代表他所做的事情是有益的。或许他只是在满足一种奢侈的需求，而这种需求根本没有带来什么奢华的享受。

为了解释什么是我所说的奢侈而并非奢华的享受，让我举两个在欧洲很少见到的极端例子吧：印度的黄包车夫和拉车的老马。在任何远东的城镇都有数百名黄包车夫，这些皮肤黝黑的汉子体重不过八英石①，只穿着护裆布。他们当中有的身患疾病，有的已经年过半百。他们一跑就是几英里路，忍受日晒雨淋，一心埋头拉车，汗水顺着灰色的胡须涔涔地往下滴。当他们拉得太慢时，乘客就会斥骂他们是"贱民"。他们一个月挣三四十卢布，干了几年就会撕心裂肺地咳嗽不止。拉车的老马都是些老弱病残的畜生，售价低廉，因为它们只能再干几年活儿。它们的主人以鞭子和食物驾驭它们。对于它们来说，工作是一条非常简单的公式：鞭子加食物等于能量。大体上，鞭子与食物的比重是六成对四成。有的老马脖子上长了一大圈溃疡，一整天就血肉模糊地拉车。但是，它们还是能工作，只要用力地鞭打它们，让它们觉得后面鞭笞的痛苦要比跑步前进的痛苦更难以忍受就行。过了几年，就算鞭子也失去了威力，这些马就会被送到屠宰场。这些都是不必要的工作的例子，因为黄包车或马拉车并没有满足真正的需求。它们之所以存在，是因为东方人认为

---

① 一英石合 6.35 公斤。

走路是可耻的事情。这些都是奢侈的享受，但坐过黄包车或马拉车的人都知道，其实这些享受根本微不足道，只是提供了些许的方便，却远远不足以抵消人或牲畜所承受的痛苦。

这个道理也适用于小工。比起黄包车夫或拉车的老马，他们简直就像国王一样舒服。但他们的情况是相似的。他们是酒店或餐馆的奴隶，而他们的劳动却没有什么意义。因为，归根结底，华丽的酒店和餐馆到底满足了什么真正的需要？他们原本是为了提供奢华的享受，但事实上，他们提供的只是廉价而蹩脚的服务。几乎没有人喜欢住酒店。有的餐馆的确比别的餐馆东西要好吃一些，但花同样的价钱，在餐馆里根本吃不到和自己家里做出来的一样好吃的饭菜。毫无疑问，酒店和餐馆有其存在的意义，但它们不应该使数以百计的人沦为奴隶。这些工作根本没有存在的必要，只是对奢华享受的东施效颦，只是让员工更卖力干活，多宰顾客几刀的噱头，除了那些大老板可以跑到多维尔给自己买别墅之外，根本没有人从中获益。究其本质，在一家"豪华"宾馆，有上百个人像牛马一样劳动，为的是让顾客心甘情愿地为他们根本不需要的服务付钱。如果酒店和餐馆将无聊的噱头摈除，简单而高效地完成工作，小工们一天或许只需要工作六至八个小时，而不是干上十五个小时。

假如小工的工作确实没有意义，那么，接下来的问题就是：为什么还会有人让他们继续工作下去呢？我希望能超越直接的经济动机，探讨一下当一个人想到小工们没日没夜地洗盘子时，到底能从中得到什么快乐。因为那些养尊处优的人确实从这样的想法中获得快乐。马尔库斯·加图①曾说过，奴隶没在睡觉的时候就应该工作。他的工作有没有意义并不重要，重要的是，他必须工作，因为工作本身就是一件好事——至少对于奴隶来说是这样。这一观点流传至今，造成了许多根本毫无意义的辛苦的劳动。

我相信让毫无意义的辛苦劳动一直继续下去的本能源自对暴民的恐惧。暴民们（这个想法认为）是如此下贱的牲畜，一旦他们闲下来就会构成威胁，因此让他们一直忙碌无法思考会比较安全。如果问一个有钱人关于改善工作条件的问题，而他能诚实回答的话，他可能会这么回答：

"我们知道贫穷是件很悲惨的事情。事实上，由于贫穷离我们很遥远，我们都很喜欢幻想穷日子的种种苦楚，并为此感到痛苦。但不要指望我们会采取任何行动。我们为你们这些下层阶级的人感到难过，就像我们会为一只癞皮猫感到难过一样，但我们会不遗余力地反对改善你们的条件。你们一直处于这种窘境，我们便会更有安全感。我们对现在的情况感到很满意，我们不会冒险让你们获得自由，即使一天少干一小时也不行。所以呢，亲爱的兄弟们，你们必须挥汗劳

---

① 马尔库斯·波尔基斯·加图（前234—前149），罗马共和国元老，政治家。

动，这样我们才能去意大利度假，你们必须挥汗劳动，然后见鬼去吧。"

这就是那些睿智而有教养的人的态度。这一态度在数以百计的文章里得到了体现。受过教育的人基本上一年都挣四百英镑以上，自然而然地，他们都与富人站在同一阵营，因为他们觉得赋予穷人自由意味着他们自己的自由受到威胁。马克思主义式的乌托邦社会让这些受过教育的人觉得很不自在，他们更倾向于维持现状。或许他们不是很喜欢富人，但他们觉得，比起最粗鄙低俗的富人，穷人对他们的威胁要更大一些，他们最好还是和富人站在同一阵线。对暴民的恐惧使得几乎所有知识分子都变得保守怕事。

对于暴民的恐惧是一种非理性的恐惧。这一恐惧植根于富人与穷人之间存在着神秘而根本性的区别这一想法，似乎他们是完全不同的两个人种，就像黑人与白人截然不同一样。但事实上，富人与穷人根本没有什么区别。大部分富人和穷人之间的区别仅仅在于收入，别无其他。百万富翁和洗碗工之间的区别只在于前者穿着一套崭新的西装。两人易地而处，交换身上的衣裳，又看得出谁代表着正义，谁是窃贼呢？任何人只要与穷人平等相待过都清楚地知道这一点。但问题是，那些睿智的、有教养的人，那些本应该心胸宽广博大的人，从来不与穷人打交道。大部分受过教育的人对贫穷有多少了解呢？在我那本维庸的诗集里，编辑甚至认为有必要为"他们在乞讨，眼里只看到橱窗里的面包"这句话①加上脚注——受过教育的人甚至不知道饿肚子是什么滋味。

正是出于愚昧无知，对暴民的非理性恐惧也就油然而生。那些受过教育的人想象着一群下等人渴望着有一天能获得自由去抄他的家，烧毁他的书籍，让他去保养机器或打扫厕所。他会心想："无论多么不公平，也不能对那帮暴民放任自由。"他不明白，既然富人与穷人之间没有区别，因此也就不存在"对暴民放任自由"这个问题了。事实上，暴民现在就已经无法无天了——但他们都是有钱人——正在滥用自己的权力营造着无聊的事物，例如"豪华"的酒店。

总而言之，小工的地位形同奴隶，而且从事的都是一些愚蠢而无谓的工作。他们一直工作个没完，归根结底，是因为有一种模糊的思想认为，要是他们有了闲暇的话就会变得非常危险。而那些原本应该支持他们的人却默许了这种情况。由于他们对小工一无所知，因此对他们心怀恐惧。我举了小工为例，因为我曾经当过小工。这种情况或许也发生在其他行业的工人身上。这些都只是我对一个小工的生活的基本事实进行思考后得出的想法，没有考虑到经济上的问题，在很大程度上无疑是陈词滥调。我将它们表述出来，只是想让读者知道我在酒店工作之后心里在想些什么。

---

① 此句出自法国诗人维庸的诗作《巴黎这座城市》。

第二十三章

离开贾汉·科塔德客栈后我就上床睡觉，一睡时钟就走了差不多一圈，只差一个小时。然后我半个月来第一次刷了牙，洗了个澡，去理了个发，把衣服从当铺里赎出来。我高高兴兴地游荡了两天，甚至穿着最好的衣服去了客栈，斜靠在吧台上，花了五法郎买了一瓶英国啤酒。那是一种奇妙的感觉，原本我是那里奴隶中的奴隶，现在却成了座上宾。波里斯替我在这个时候离开餐馆感到惋惜：我们的工作都已经上手了，正是挣钱的好时机。听他说，他现在一天能挣一百法郎，包养了一个很正经的女孩，她嘴里没有大蒜的味道。

我花了一天时间走遍我们这一区，和大家道别。这一天，查理告诉了我曾在这里住过的守财奴罗克尔的死因。查理很有可能是在说谎，他老是没一句实话，但故事蛮吸引人的。

罗克尔死的时候七十四岁，那是我去巴黎之前一两年的事了，但我在巴黎的时候那一区的人仍然会提起他。虽然他不像丹尼尔·旦瑟①或其他守财奴那么出名，却是个很有趣的人。每天早上他会去雷阿勒捡些剩菜，吃的是猫食，用报纸充当内衣裤，把房间里的护墙板当柴禾烧，用一口麻袋给自己做了条裤子——其实他有五十万法郎的投资。我希望自己能有幸结识他。

和许多守财奴一样，罗克尔由于投资不慎而死于非命。有一天，这一区来了个犹太人，是个年轻机灵的生意人。他有个绝妙的计划，能把可卡因走私到英国贩卖。当然，在巴黎买可卡因是很容易的一件事，而走私这件事本身也不难，只是总会有人到警察或海关那里告密。据说告密的人就是那些自己在卖可卡因的人，因为走私这门买卖被一个大型团伙控制了，他们不想有人和自己竞争。但是，那个犹太人发誓说这笔生意没有风险。他知道如何从维也纳直接弄到可卡因，而不是通过正常的渠道，这样就不用被人漫天要价。通过一个在索邦神学院上学的年轻波兰学生，他与罗克尔搭上了线。那个波兰学生准备出四千法郎，而罗克尔出六千法郎。这笔钱可以买到十磅可卡因，到了英格兰就可以小发一笔。

那个波兰人和犹太人费尽心机才从罗克尔这个老家伙手

---

① 丹尼尔·旦瑟（Daniel Dancer）是英国作家查尔斯·狄更斯（Charles Dickens)的作品《我们共同的朋友》中一个吝啬守财的角色。

里把钱给套出来。六千法郎其实并不是什么大数目——他房间里那张席子里藏的钱要比这多得多——但让他和一个苏道别对他来说都是一种折磨。那个波兰人和犹太人花了好几个星期向他进行解释，连哄带骗，软硬兼施，下跪哀求，想把那六千法郎给套出来。老人家在贪念与恐惧之间徘徊不定。想到或许能挣到五万法郎的利润，他不禁心花怒放，但却下不了决心掏钱冒这个风险。他总是坐在角落里，双手捧着头，时而唉声叹气，时而疾声厉色，总是会跪在地上（他是个虔诚的教徒），祈求上帝赐予他力量，但就是打不定主意。最后，纯粹只是出于被折磨得筋疲力尽，他突然作出了妥协。他撕开藏着钱的席子，把六千法郎交给了那个犹太人。

那个犹太人当天就把可卡因拿了过来，然后消失得无影无踪。与此同时，由于罗克尔老是一惊一乍的，这件事传遍了整个区。次日早上，警方突然来到旅馆进行搜查。

罗克尔和那个波兰人吓得半死。警察就在楼下，逐个房间进行搜索，就要从楼下查到楼上了，而那几大包可卡因就放在桌子上，根本没有地方将其藏匿起来，也没有机会从楼梯道溜走。波兰人建议把东西扔出窗外，但罗克尔不肯听从他的主意。查理告诉我当时他也在场。他说他们俩想从罗克尔那儿抢下包裹，尽管他已经是古稀老人，但他紧紧地把包裹捧在胸前，像疯子一样竭力挣扎。他被吓得神志不清，但他宁愿坐牢也不愿把钱扔掉。

最后，当警察搜到楼下那一层的时候，有人想出了一个法子。罗克尔的房间地板上有十几罐搽脸的脂粉，是他准备卖出去挣点钱的。那些可卡因可以放进罐子，伪装成脂粉。他们立刻把脂粉从窗口倒掉，把可卡因放了进去，然后敞开着放在罗克尔的桌子上，似乎没什么东西值得怀疑。几分钟后，警察来到罗克尔的房间开始搜查。他们敲打着四面墙壁，查看烟囱，翻箱倒柜，连地板也不放过。就当他们准备放弃时，探长注意到了桌子上的罐子。

"伙计，"他说道，"检查一下这几口罐子。我刚才没注意。里面是什么？"

"搽脸的脂粉。"波兰人竭力平静地回答。但就在这时罗克尔吓得大叫一声，立刻引起了警方的怀疑。他们打开一口罐子，倒出里面的粉末。探长闻了一下，说他认为这就是可卡因。罗克尔和波兰人以诸位圣人的名字赌咒发誓，说那只是搽脸的脂粉。但辩解根本没用，他们越是争辩，警方就越起疑心。两人被当场逮捕，送进了警察局，这一区有一半的人跟着看热闹。

在警察局，罗克尔和波兰人被检察官盘问，一罐可卡因被送去检验。查理说罗克尔当时的行为简直无法以言语形容。他哭泣祈祷，立刻作出截然相反的证词，斥责出卖波兰人，声音大得半条街外都听得见。那些警察忍不住大笑起来。

一个小时后，一个警察拿着那罐可卡因和一张检验师写的纸条回来了。他笑个不停。

"这根本不是可卡因，长官。"他说道。

"什么，不是可卡因？"检察官问道，"那——这到底是什么？"

"就是搽脸的脂粉。"

罗克尔和波兰人被当场释放，虽然不用坐牢，却气得火冒三丈。他们被那个犹太人给骗了。后来事情引发的骚动渐渐平息了。听说这一区还有两个人上了他的当。

波兰人很高兴自己能逢凶化吉，虽然他损失了四千法郎。但可怜的老罗克尔却一蹶不振。他病倒在床上，一整天，外加半个晚上，大家听到他在顿足捶胸，嘟囔着什么，时不时用最高的嗓门悲号着：

"六千法郎啊！以耶稣基督的名义！六千法郎啊！"

三天后他中风了，半个月后就去世了——按查理的话说，他的心都碎了。

第二十四章

我买了三等舱的船票经敦刻尔克和蒂尔伯里回到英国，这是横渡英吉利海峡最经济的交通方式，但不至于太难挨。你得多付点钱才能有单独的舱房，于是和大部分三等舱的乘客一样，我就在船舱的大厅里睡觉。我找到了那天的日记：

"在船舱大厅就寝，二十七个男人，十六个女人。从早上到现在，这些女人没有洗过脸。男的倒是会去洗手间洗漱一番，而这些女人只是拿出化妆盒，往脸上涂抹脂粉，掩盖污垢。问题：这就是男女之间的差异吗？"

旅途中我认识了一对年轻的罗马尼亚夫妇，准备去英国度蜜月。他们问了许多关于英国的问题，我向他们撒了几个谎，令他们瞠目结舌。在流落异乡穷困潦倒地生活了几个月后，我很高兴能够回家。我觉得英国就是一座天堂。事实上，英国有许多东西能让你感受到回家的快乐：浴室、安乐椅、薄荷酱、烹饪得当的新鲜土豆、全麦面包、橘子果酱、用真正的啤酒花酿的啤酒——只要你付得起钱，这些可都是好东西。如果你不是穷人，英国是个美好的国度，而我有照顾一个安分的低能儿这份工作，当然不会是穷人。想到不会挨穷，爱国之情不禁油然而生。那对罗马尼亚夫妇问题越问越多，我则对英国大加称赞：从气候到风景，从艺术到文学，乃至法律——英国样样事情都是完美的。

那对罗马尼亚夫妇问我英国的建筑怎么样？"棒极了！"我回答说，"你们应该去看看伦敦的各座雕塑！巴黎是个低俗的地方——只有浮夸的建筑与肮脏的贫民窟，而伦敦呢——"

这时船驶近了蒂尔伯里码头，我们看到的第一批建筑是岸边那几座巨型酒店，全都涂着灰泥，修了高高的尖塔，矗立在英吉利海峡的岸边，就像一群白痴在疯人院的高墙边眺望。我看到那对罗马尼亚夫妇目不转睛地盯着那几间酒店，但很有礼貌，什么也没说。我安慰他们："那些都是法国建筑师设计的。"而当火车驶过伦敦东区的贫民窟时，我仍在不停地赞叹英国建筑。现在我回到家乡，不用再挨穷了，英国似乎样样都好。

我去了B君的办公室，他的第一句话就将我的一切希望化为泡影。"我很抱歉，你的雇主全家人都到海外去了，包括那位病人。不过他们一个月后就会回来。我想你能等到那个时候，是吧？"

还没等我想到再向他借点钱，我已经来到了街上。我得等一个月，而手头只有十九先令又六便士。这个消息让我失魂落魄，我想了很久也不知道该怎么办。那天我就在街头闲逛，到了晚上，我根本不知道怎么在伦敦找到廉价的地方睡觉，只能去了一间家庭旅馆，收费是七先令六便士，付了账单，我手里就只剩下十先令二便士。

到了早上，我打定了主意。我迟早得再向B君借钱，但现在就去借似乎不大体面，这段时间的生活我就随便应付着过好了。有了以往挨穷的经验，我决定不能把最好的西装当掉。我会把所有的东西寄存在火车站的衣帽间，只留下一套次一些的西装，用来换一些廉价的衣服，或许还能外加一英镑。要是我只能靠三十先令活一个月，我必须穿破旧的衣服——事实上，越破旧越好。我不知道三十先令能不能撑过一个月，因为我对伦敦没有对巴黎那么熟悉。或许我可以去乞讨，或许我可以去卖鞋带。我记得《太阳报》曾刊登过文章，说那些乞丐裤子里缝有两千英镑呢。不管怎么说，在伦敦肯定是不会饿肚子的，我有什么好担心的呢？

我去了兰贝斯区准备把衣服卖掉。那里的人很穷，有许多二手成衣店。第一间店的老板很客气，但不愿意买我的衣服。第二间店的老板很粗鲁。第三间店的老板是个聋子，或许他是在装聋作哑。第四间商店的店员是个年轻的大个子，金发碧眼，肤色红得像一片火腿。他看着我身上穿的衣服，伸出拇指和食指轻蔑地摸了一下。

"便宜货。"他说道，"很一般的货色。"（那可是一套上好的西装。）"你想怎么着？"

我解释说我要换几件旧衣服，另外能不能多当几个钱。他想了一会儿，拿了几件脏兮兮的破衣服，扔到柜台上。我问："能换多少钱呢？"我希望能换到一英镑。他舔了一下嘴唇，然后掏出一先令，放在衣服旁边。我没有争辩——我正准备争辩，但就要开口的时候，他就伸出手，似乎要把那一先令给拿回去。我知道自己对此无能为力。他让我到店后一间小房子换衣服。

那身衣服是一件原本是深棕色的大衣、一条粗棉布的黑裤子、一条围巾和一顶布帽。我自己的衬衣、袜子和靴子还保留着，口袋里有一把梳子和一把刮胡刀。穿着这身衣服，我觉得非常奇怪。我以前穿过非常蹩脚的衣服，但不至于像这身衣服这么糟糕。这几件衣服都脏兮兮的，全都走样了，而且有一股子——该怎么形容好呢？——除了褴褛不整之外，还有一股子陈年积尘的寒酸味。这些就是那些卖鞋带人或流浪汉穿的衣服。一个小时后，在兰贝斯，我见到一个落魄如丧家之犬的男人，显然是个流浪汉，正朝我走来。我再定睛一看，那个人就是我自己在一面商店橱窗里的影子。我的脸上已经蒙了一层灰。灰尘可是先敬罗衣后敬人的主儿。当你衣冠楚楚的时候，灰尘会对你敬而远之，但当你的领子不见时，灰尘就会从四面八方向你袭来。

　　我在街上游荡到深夜，一直走个不停。穿成这样，我有点担心警察会把我当成无业游民抓起来。而且我不敢和别人搭话，因为我想象他们会注意到我的口音和衣着之间的区别。（后来我发现，这种事情从来没有发生过。）我这身新衣服立刻让我置身于一个新的世界。每个人的行为举止似乎一下子全变了。我帮一个小贩把翻倒的板车抬起来。"谢谢你，兄弟。"他咧嘴一笑，向我道谢。这辈子还没有人称呼过我"兄弟"——都是我身上穿的这身衣服在起作用。我也第一次注意到，女人的态度会随着男人的衣着而改变。当一个衣衫褴褛的人经过她们身边时，她们会厌恶地从他身边躲开，似乎当他是一只死猫。衣服真的拥有魔力。第一天穿上流浪汉的衣服感觉很辛苦，你感觉自己还没有落魄到如此不堪的地步，那种感觉就像在监狱里的第一个晚上，觉得很羞愧荒唐，却又很真切踏实。

　　大约十一点钟的时候我开始寻找睡觉的地方。我知道有大通铺的旅店（顺便提一下，这些旅店从不叫大通铺旅店），我猜想可以花四便士左右就有张床位可以睡觉。在滑铁卢大街我见到一个人站在路边，看上去好像是个挖土工什么的，我停下脚步，向他问路。我说我身上没多少钱了，想找个最便宜的床位睡觉。

　　他回答说："哦，你可以穿过那条街，去那里的旅馆投宿，门口挂着'单身汉好床位'的招牌。那地方不错，确实不错。我自己时不时会过去投宿。价格便宜，而且干净。"

那间旅馆是一座高大破败的房子，所有的窗户都透着微光，几扇窗户还糊着牛皮纸。我走进一条石砌的走廊，一个瘦弱的小男孩睡眼惺忪地出现在通往地窖的门口。下面传来含糊的说话声，还有一股热风和奶酪的味道。那个小男孩打了个呵欠，伸出一只手。

"要铺位吗？给一先令，先生。"

我付了一先令，那个小男孩领着我走上一条歪歪斜斜又没有点灯的楼梯，来到一个房间。里面弥漫着一股子止痛剂和烂亚麻布的甜香。窗户似乎被钉死了，刚进去的时候空气几乎令人窒息。里面有一根蜡烛，我看到房间约有十五英尺见方，八英尺高，摆了八张床。已经有六个房客睡在床上，隆起了奇怪的形状，所有的衣服，甚至还有靴子，都堆在床上。角落里有个人在撕心裂肺地咳嗽着。

我躺到床上，发现这床硬得像块木板，而枕头只是一块坚硬的木头桩子。睡这张床可比睡在一张桌子上还糟糕，因为这张床不到六尺长，非常狭窄，而且垫子凸起了一块，所以我手上得抓紧着点儿，不然就会摔下去。那些被子有一股可怕的汗臭味，我不敢把它们拿到鼻子跟前。床上的铺盖只有被单和棉床罩，因此，虽然被子似乎很厚实，其实并不是很暖和。夜里老是有声响。睡在我左边的那个男的——我想是个水手——每小时就会醒来一次，骂骂咧咧地抽一支烟。另一个人可能有膀胱炎，夜里起来六七次用夜壶撒尿，声音吵死了。角落里的男人每隔二十分钟就会咳嗽一回，非常有规律，等候着他咳嗽的心情就像一个人夜里等着狗朝月亮吠叫一样。他的咳嗽声令人觉得莫名地讨厌，又是冒泡又是干呕，非常恶心，似乎要把整个肺都咳出来。有一回他点着了一根火柴，我见到他是个上了年纪的老头，死灰色的脸颊凹陷了下去，像一张死人的脸。他把裤子盘在头上，当成一顶睡帽，不知怎么的，让我觉得非常恶心。每一次他咳嗽或另外一个人骂骂咧咧的时候，旁边一张床上会传来昏昏欲睡的声音。

"闭嘴！噢，看在上帝的——分上，闭嘴！"

我总共才睡了一个小时，到了早上，蒙眬之间我感觉有个庞大的棕色物体朝我而来，一下子惊醒了。我睁开眼睛，看到那个水手的一只脚丫从床铺上伸了过来，就搁在我的脸庞附近。那只脚丫是深棕色的，就像印度人的脚丫一样，上面尽是泥垢。墙壁上斑斑驳驳，床单得有三个星期没洗了，几乎变成了赭褐色。我起床穿好衣服，来到楼下。地窖里摆着一排洗脸盆和两条油腻腻的毛巾。我口袋里有一片肥皂，准备洗把脸，突然发现每个脸盆上面都沾满了垢子——硬邦邦黏糊糊，像鞋油一样黑漆漆的。我没有洗脸就出去了。这间寄宿旅店根本不像那个人所说的便宜又干净，但后来我发现，它是寄宿旅店中最具代表性的典型。

我过了泰晤士河，朝东边走了很长一段路，最后走进希尔塔一家咖啡厅。这是一间普普通通的伦敦咖啡厅，和另外一千间咖啡厅没什么两样，到过巴黎后，我觉得它看上去很奇怪，很有异国风情。店面里有点局促，高背椅子很有十九世纪四十年代的风格。当天的菜单用一块肥皂写在一面镜子上，有一个十四岁的女孩在端盘子。一群挖土工人就着报纸包着的便餐吃饭，用像瓷杯的不带小碟子的大平底杯喝茶。一个犹太人独自坐在角落里，几乎把头搁在了盘子上，正愧疚而狼吞虎咽地吃着熏肉①。

"给我来杯茶，还有面包加黄油，好吗？"我朝那个小女孩点菜。

她瞪着我，惊讶地说道："没有黄油，只有人造黄油。"然后她朝厨房报了菜单，就像在巴黎你永远可以听到"来一杯红酒"一样，这句话在伦敦非常普遍："大壶茶和两片面包！"

在我座位旁边的墙上写了一则告示："不得盗窃方糖。"在告示下面一个颇有才情的顾客写道："凡盗窃方糖者，皆为下流——"

---

① 根据犹太教《塔木经》的教义，犹太教徒不能吃"不洁净"的猪肉。

但另一个人花了些功夫把最后一个词给刮掉了。这就是英国。这杯茶和两片面包花了我三个半便士，我只剩下八先令又二便士了。

第二十五章

这八先令维持了三天四夜。经过在滑铁卢大街的惨痛教训后，我往东边走，第二天晚上在潘尼菲尔德一间寄宿旅馆住了下来。和伦敦的其他寄宿旅馆一样，这一间也没什么特别之处。里面可以住五十到一百个人，由一位"经理"经营——他是老板请来的。经营这些寄宿旅馆有利可图，老板都是些有钱人。一个房间要住十五到二十个人，床铺又是冷冰冰硬邦邦的，但被子要干净一些，应该洗了不超过一个星期。房间的收费是九便士或一先令（一先令的房间床与床之间的距离是六英尺，而不是四英尺），每天晚上七点给现金，没钱你就走人。

（有一件众所周知的怪事，那就是伦敦南部的臭虫要比北部多得多。不知道为什么，它们还没有大规模地渡过泰晤士河。）

楼下是一间公共厨房，所有的租客都可以使用，烧火不用另外掏钱，而且提供了做饭的锅、茶壶和刀叉。里面有两口大锅炉，一年到头日日夜夜都在烧。照看这两堆火、打扫厨房和整理床铺由租客们轮流负责。一位名叫史蒂夫的老租客——此人相貌堂堂，像个诺曼人，职业是搬运工，大家都尊他为"老大"——专门负责调停和赶跑没钱付房租的人。

我喜欢这间厨房。这是一间地下室，天花板很矮，非常闷热，煤烟熏得人昏昏沉沉的，只有两堆火提供照明，角落里一片漆黑。天花板拉了几根绳子，上面吊着破破烂烂的换洗衣物。晒得通红的人，大部分是搬运工，拿着锅就着火做饭。有的人几乎赤身裸体，因为他们的衣服拿去洗了，等着衣服晾干。到了晚上他们会打牌、下棋、唱歌，他们最喜欢唱的一首歌是《我是一个被父母遗弃的可怜人》，还有一首关于船难的歌曲也很流行。有时到了深夜，有人会提着一桶便宜买来的滨螺，大家一起分享。大家都会分享食物，给失业的人提供伙食是这里约定俗成的规矩。这里有一个苍白干瘪的老头，看上去已经奄奄一息了，靠着别人的施舍苟延残喘。大家都说："可怜的布朗，已经被医生开过三次刀了。"

两三个租客是领救济金的老人家。在遇见他们之前，我根本不知道原来英国有人就靠着养老金过日子，一周只有几个先令，除此之外再无别的财路。有一个老人家很健谈，我问他到底是怎么活下来的，他回答说：

"嗯，每晚的铺位是九便士——那就是一周五先令三便士。然后星期六我会花三便士刮个胡子——总共就是五先令六便士。然后呢，每个月理一次发六便士——每周就当多花个三便士吧，也就是说，还剩四先令四便士可以吃饭抽烟。"

他想不出其他费用了。他吃的东西就是面包、人造黄油和茶——到了周末就只啃干面包和茶，没有牛奶喝——或许，他那身衣服也是得自慈善机构。他似乎很满足，觉得床位和柴火比食物更加重要，但是，一周只有十先令的收入，还能花点钱刮胡子——实在是令人佩服。

一整天我都在街上游荡，最东去到沃平，最西去到怀特查佩尔。去过巴黎之后，我觉得伦敦很奇怪，每样东西都干净得多，安静得多，也无聊得多。我想念巴黎电车的响声，后巷嘈杂糜烂的生活，荷枪实弹的士兵有说有笑地走过广场。这里的人衣着要好一些，长相标致一些，态度温和一些，彼此更加相似，不像法国人那么个性张扬，性情乖戾。这里酒鬼没巴黎多，地方没那么脏，人也没那么吵，闲人也多一些。街角总是站着一群群人，有点面黄肌瘦，但靠着大壶茶和两片面包勉强支撑下去——伦敦人似乎每两个小时就会吃一顿。空气似乎没有巴黎的空气那么让人发热兴奋。这里的特征是茶壶和职业介绍所，而巴黎的特征则是小酒馆和血汗工厂。

观察英国人是很有趣的事情。伦敦东部的女人长得很美（或许因为她们是混血儿的缘故），莱姆豪斯到处都是东方人——中国人、吉大港人水手、贩卖丝巾的达罗毗荼人，甚至还有几个锡克人，天知道他们是怎么来的。到处都有街头集会。在怀特查佩尔，有人自称是歌唱的福音使者，只要出个六便士就可以将你从地狱里拯救出来；在东印度码头路，救世军正在举行仪式，用《该拿醉酒的水手怎么办》的调子唱着《这里有谁是卑鄙的犹大》；在希尔塔，两个摩门教徒正在朝人群致辞，讲台旁边围着一群人，高呼着口号要打断演讲。有人在谴责他们推行一夫多妻制①。一个留着大胡子的瘸子应该是个无神论者，听到了"上帝"这个词，正愤怒地提出质问，现场非常嘈杂。

"亲爱的朋友，请让我们把话说完——对，让他们说完。都别吵了！——不，不，你回答我。你能让我看到上帝吗？你能把他**展现**在我面前，那我就相信上帝。——哦，闭嘴，别老是打断人家！——你自己闭嘴！——一夫多妻者！——嗯，一夫多妻制确实值得探讨，至少别让女人出去工作。——亲爱的朋友，请你——不，不，你别想蒙混过关。你**见**过上帝吗？你**触摸**过他吗？你和他**握**过手吗？——噢，看在上帝的分上，别吵了，**别吵了！**"等等。我听了二十分钟，想了解一些关于摩门教的事情，但集会最多只是争

---

① 摩门教的创始人约瑟夫·史密斯（Joseph Smith）创教伊始以《圣经》为依据，同意一夫多妻制，本人拥有众多妻子。但迫于政府和公共压力，于1890年和1904年两次明确宣布废除一夫多妻制。

吵，街头集会大体上都是这样。

米德萨斯街的市场熙熙攘攘，人群中有一个衣衫褴褛的女人，手里抱着一个五岁的孩子，在他面前挥舞着一个锡制的玩具喇叭。那个孩子一直在哭哭啼啼的。

"自己好好玩！"她叫嚷着，"不然我干吗带你到这儿来，还给你买了个喇叭。干吗老是缠着我不放？你这个小混蛋，自己好好玩！"

那个喇叭上滴下几滴口水。母子俩吵吵闹闹地离开了。这一幕在巴黎可不常见。

我在潘尼菲尔德那间寄宿旅馆住的最后一晚，两个房客吵了起来，场面让人觉得很恶心。其中一个是领救济金的老人，七十来岁，赤裸着上半身（他的衣服拿去洗了）正大声喝骂一个正在背对着火堆的矮小壮实的搬运工。在火光中我看到那个老人的脸，在悲愤交加地哭泣着。显然，一定是出了什么严重的事情。

领救济金的老人："你——！"

那个搬运工喝道："给我闭嘴，你这个老——再吵就别怪我不客气了！"

领救济金的老人："有种你就试试看，你这个——！别看我年纪比你大三十岁，我轻轻松松就可以把你踢到便桶里去！"

那个搬运工说道："啊，你以为这样子我就不敢扁你吗,你这个老——!"

两人争吵了五分钟。其他租客闷闷不乐地围坐成一群,尽量不去理会这场争吵。那个搬运工脸色阴郁,而那个老头却越来越激动,不停地挑衅那个搬运工,将他的脸凑上去,从几英寸的距离外像一只猫在抓墙那样,唾沫横飞地尖声叫嚷着。他想鼓起勇气干一架,却又不敢采取行动。最后他叫嚷着:

"混蛋,你他妈的就是个混蛋!用你那肮脏的口水搅搅吃下去吧,你这个混蛋!我会一拳先把你给干掉,混蛋,你这个婊子养的。舔一舔吧!知道我觉得你是什么吗?你就是个——,你就是个——,你就是个黑不溜秋的狗杂种!"

说到这里他颓然倒在一张长凳上,双手捧着脸,开始嚎啕大哭。那个搬运工看到自己引起了公愤,躲了出去。

后来我听史蒂夫解释吵架的起因,似乎是为了价值一先令的食物。不知怎么搞的,那个老人的面包和人造黄油不见了,接下来的三天将没有东西果腹,只能仰仗别人的施舍。那个搬运工自己有工作,吃得很饱,一直在嘲弄他,因此两人吵了起来。

等到我的钱只剩下一先令又四个便士时,我来到鲍尔的一间寄宿旅馆过夜,这里住一晚只要八便士。你一直往前走,穿过一条巷子来到一座几乎令人窒息的地窖,大约有十英尺见方。里面有十个人,大部分是搬运工人,正坐在一堆熊熊的炉火旁边。当时是半夜，但经理的儿子，一个脸色苍白病快快的五岁小孩，正坐在那帮搬运工人的膝盖上玩耍。一个爱尔兰老头儿正在朝一只养在笼子里的红腹灰雀吹口哨。屋子里还有其他鸣禽——每一只都个头很小，羽毛毫无光泽，一辈子都生活在地底下。那些租客习惯在火堆边撒尿，省得跑去上厕所。我坐在桌子旁边，察觉脚边有什么东西在动。我低头一看，见到一波黑不溜秋的东西正慢慢地从地板上爬过，原来是一群黑甲虫。

宿舍里有六张床，那些床单上写着大字"偷自某某路"，味道令人作呕。睡在我隔壁床铺的是一个年纪很大的老人家。他是个街头画家，背驼得很厉害，几乎从床上弓了起来。他就光着脊背，离我的脸只有一二英尺远，上面布满了圆圈状的泥垢，就像大理石的台面一样。半夜里一个人醉醺醺地走了进来，在我床边的地板上呕吐。床上有臭虫——虽然不像巴黎的臭虫那么猖獗，但足以让人彻夜无法入睡。这个地方很脏，但经理和他的老婆很友好，无论白天黑夜，随时都愿意为你泡杯茶。

第二十六章

第二天早上我付了一杯茶和两片面包的钱，买了半盎司烟草，身上只剩下半个便士。我暂时还不想打扰 B 君向他借钱，所以，除了进收容所我已经走投无路了。我不知道该怎么办才能进去，但我知道在罗姆敦就有一间收容所，于是我走着过去，下午三四点的时候到达那里。一个干瘪的爱尔兰老头正靠在罗姆敦菜市场的猪栏上，显然他就是个流浪汉。我靠在他身旁，把我的烟草盒递给他。他打开盒子，惊讶地看着里面的烟草，说道：

"上帝啊！这些烟草起码值六个便士！你怎么弄到手的？你一定还没有流落街头多久。"

"怎么了？难道你流落街头就没有烟抽了吗？"我问道。

"噢，我们有这个。"他掏出一个生锈的铁罐，曾经是用来装奥瑟方块牌调味料的。里面有二三十个烟屁股，都是从人行道上捡来的。爱尔兰人说这就是弄到烟草的主要门路，他还补充说，认真找的话，在伦敦街头一天可以收集到两盎司的烟草。

"你也是从伦敦的班房（指收容所）里出来的，是吧？"他问我。

我说是的，觉得这么回答会让他接纳我，当我也是个流浪汉。我问他罗姆敦的班房环境怎么样，他回答说：

"嗯，这间班房有可可喝。有的班房给茶喝，有的班房给可可喝。罗姆敦这家班房不给片子粥喝，谢天谢地——至少上次我进去的时候没有。那次之后我去了约克和威尔士。"

"什么是片子粥？"我问他。

"片子粥？一碗清水，下面搁点该死的燕麦，那就是片子粥。只有最差劲的班房才给片子粥喝。"

我们聊了一两个小时，那个爱尔兰人是个很和气的老头，但身上有股怪味，当我知道他身患多种疾病之后，也就不觉得奇怪了。听他说（他把每一样症状都详细地进行了描述），从头到脚他有以下的病痛：他是个秃子，身上长了湿疹，眼睛近视，却没有眼镜，得了慢性支气管炎，背老是痛，但没能得到诊断，还有消化不良、尿道炎、静脉曲张、囊肿和平足。带着这身疾病，他流落街头已经有十五个年头了。

五点钟的时候那个爱尔兰人说道："你想喝杯茶吗？班

房得到六点钟才开门。"

"好的。"

"那好，有个地方可以免费喝杯茶吃个面包。他们都是好人，但吃完后他们会让你作一堆他妈的祈祷，真该死！就在那儿干耗时间。跟我来。"

他带着我来到一条巷子里一间铁片屋顶的小房，很像乡村的板球亭。大约二十五个流浪汉已经在那儿等候着，里面有几个脏兮兮的老家伙，大部分是北方人，看上去像是体面人，或许是失业的矿工或棉花工人。过了一会儿，门打开了，一位穿着蓝色丝裙的女士戴着金边眼镜和一个十字架，让我们进了屋子。里面有三四十张凳子、一个脚踏风琴和一张血淋淋的耶稣受难版画。

我们很不自在地摘下帽子，坐了下来。那位女士分发茶水和食物，在我们吃喝的时候她走来走去，和蔼地谈起宗教话题——说耶稣基督总是关怀着像我们这样的穷苦流浪汉，说在教堂里时间过得很快，说如果一个流浪汉能定时祈祷，他就能时来运转。我们讨厌她的说教，靠着墙壁坐着，摆弄着帽子（流浪汉一摘下帽子就会觉得很不自在，仿佛赤身裸体暴露在大庭广众之下）。那位女士对我们说话的时候，我们都脸红了，嘴里还不情愿地嘟囔着。毫无疑问，她是出于一番好心。她端着一盘面包，走到一个北方佬的身边，对他说："你呢，我的孩子，你有多久没有向天堂里的天父下跪祈祷了？"

那个可怜的家伙一句话也说不出来，但他的肚子代替他作出了回答，一看见那盘食物就发出不雅的咕咕声。他觉得非常羞愧，几乎咽不下口中的面包。只有一个人依照那位女士的谈吐风格回答了她的问题。他是个英挺的家伙，长着一个酒糟鼻子，看上去像军队里因为酗酒而被革职的下士。他说出"亲爱的主耶稣"时，不像我见过的其他人那样羞愧。显然，牢房待久了，他学会了这套把戏。

茶点结束了，我看到流浪汉们互相张望，每个人都心照不宣——在祈祷开始之前我们能不能开溜？有个人在椅子上坐立不安——他没有站起身，只是朝门口望了一眼，似乎暗示要离开。那位女士瞪了他一眼，制止了他。她以更加和蔼的口吻说道：

"我想你们还不急着走。收容所要六点钟才开门。我们有时间跪下来，向我们的天父说几句话。我想祈祷完之后，我们会感觉舒服一些，不是吗？"

那个酒糟鼻男子很帮得上忙，他把脚踏风琴搬了过来，分发赞美诗小册。他背对着那位女士，似乎把那些书当成了扑克牌，以此开个玩笑。发书的时候他对每个人低声说道："接好了，伙计，这一把全押上啦！四张尖儿带老 K！"诸如此类的话。

我们光着脑袋，跪在脏兮兮的茶杯间，开始嘟囔自责说哪些我们本应该完成的事情没有去做，却做了哪些我们不应该做的事情，其实大家都是口不对心。那位女士祈祷时非常虔诚，但她的眼睛一直滴溜溜地对着我们打转，确保我们都在用心祈祷。当她没有看过来的时候，我们就彼此使眼色会心微笑，悄悄说着下流的笑话，以此表示我们根本不在乎，只是喉咙觉得有点发哽。只有那个酒糟鼻男子能镇定自若地大声回答问题，其他人的回答都很小声。渐渐地我们能跟着哼唱几句，但有一个老流浪汉只会唱《前进，基督的天军》，有时候唱着唱着就跑到了这首歌的调子上，把和声搅得一团糟。

祈祷持续了半个小时，然后我们在门口和那位女士握手道别。一走到说话听不见的地方，有人立刻说道："好了，麻烦事总算结束了。我还以为那些祈祷会没完没了呢。"

"你吃了面包，"另一个人说道，"你就得付出点代价。"

"你是说，我还得对他们感恩戴德吗？是啊，你得知恩图报。给你一杯才两便士的茶，就要你朝他们下跪。"

其他人窃窃私语表示赞同。显然，这些流浪汉对免费茶点并不心存感激。不过茶确实挺好喝的，比咖啡厅里的茶好喝多了，就像波尔多葡萄酒就是要比殖民地那些乱七八糟的红酒好喝一样。我们都心满意足。我也相信，他们给我们茶点纯粹是出于好心，并没有羞辱我们的意思，因此我们应该心存感激——但我们没有半丁点儿感恩之情。

第二十七章

到了五点三刻，那个爱尔兰人带着我来到班房。那是间阴沉沉的砖屋，被烟熏得发黄，坐落于济贫院的一个角落里。一排排小小的窗户封着栅栏，而且一道铁门和一堵高墙将其与道路隔开——这地方看上去很像一座监狱。衣衫褴褛的男人已经排了一条长队，等候着开门。这些人身份各异，年龄参差不齐，最年轻的是个面容稚嫩的十六岁小男孩，最老的是个弓腰驼背的没牙干瘦老汉，已经七十五岁了。有一些是老油条的流浪汉，从他们的拐杖、叫花棒和风尘仆仆的脸就辨认得出来。有一些是失业的工人和农民，还有一个戴着领子打着领带的文员，另外两个显然是白痴。看到这么多流浪汉在那儿无所事事实在让我感到厌恶。这些人并不是坏人，也不会做坏事，只是一帮粗鄙肮脏的家伙，几乎每个人都衣衫褴褛，一看就知道饭都吃不饱。不过他们都很友好，没有喋喋不休地问我问题。许多人向我敬烟——应该说，是敬烟屁股。

我们靠着墙抽烟聊天，那些流浪汉开始谈论最近去过的收容所。据他们所说，各间收容所都不一样，每一间都有自己的优点与缺点。当你流落街头时，了解这些信息很重要。一个老流浪汉能如数家珍地告诉你英国每间收容所的特点，比方说：在甲收容所，你可以抽烟，但牢房里有臭虫；乙收容所的床铺很舒服，但看门的是个恶棍；丙收容所早上就可以进去，但茶水很难喝；在丁收容所，假如你身上有钱，那些长官会把你的钱偷走——这些可以一直扯个没完。距离在一天路程之内的收容所之间的道路几乎都被踩平了。他们告诉我从巴尼特到圣奥尔本斯哪条路是最好走的，还警告我不要走比勒利卡和切姆斯福德间的那条路线，也不要去肯特郡的艾德山。据说切尔西的收容所是全英国最豪华的，有人称赞说里面的毛毯比监狱里的毛毯还要舒服。夏天的时候流浪汉们四处漂泊，到了冬天就到大城镇转悠，那里暖和一些，慈善机构也多一些。但他们得不停地迁徙，因为在一个月之内你不能两次入住同一间伦敦的收容所，否则会被判处入狱一周。

　　六点钟过了一会儿，大门打开了，我们开始鱼贯而入。院子里有一间办公室，里面有一个长官登记我们的姓名、职业、年龄、从哪里来、到哪里去——最后这项内容是为了了解流浪汉的动向。我自称是个"画家"，我画过几幅水彩画——谁没有画过呢？那个长官还问我们有没有钱，大家都说没有。法律规定身上的钱多于八便士就不能进收容所，而如果身上的钱少于八便士，在进去之前得把钱上交。但流浪汉们都希望把钱私自带进收容所内，他们把钱紧紧地系在一块布里，这样就不会叮当作响。通常这块布会放在每个流浪汉随身携带的茶包和糖包里，或者和他们的"证件"放在一起。这些"证件"被认为是不容侵犯的，从来没有人会搜查。

在办公室登记完之后，我们被一位叫做牢头的长官（他的工作就是监督管理流浪汉，大体上他也是济贫院里的一个穷苦人）带进班房里。门房是一个体格庞大的恶棍，穿着蓝色制服，对我们喝喝骂骂，当我们是牲畜一样。班房里只有一个洗澡间、一个卫生间和长长两排石头单间，大概有上百间。里头有间阴暗的石屋，刷了石灰，空荡荡的，地方倒是很干净，有一股肥皂和杰耶斯牌洗洁精的公厕味道，这股味道我见到屋里的情形就预料到了——就像监狱一样冷冰冰的，令人觉得非常沮丧。

门房把我们赶进走廊里，让我们六个人一组到浴室里去，先搜身后洗澡。搜身主要是检查有没有私藏钱财和烟草。在罗姆敦这间收容所，只要你能把烟草带进去，你就可以放心地抽烟，但一旦被搜查到就会被没收。那些老手告诉我门房从来不搜查膝盖以下的地方，于是在进去之前我们都把烟草藏在靴子的脚脖子那里。然后在脱衣服的时候我们悄悄悄地把烟草转移到大衣里面。我们可以穿大衣进去，睡觉时当枕头用。

浴室里的情景令人非常恶心。五六十个赤身裸体的男人摩肩接踵地挤在一间二十英尺见方的房间里。里面只有两个浴缸，大家就共用两条油腻腻的毛巾。我永远无法忘记那些脚丫发出的恶臭。不到一半的流浪汉真的在里面洗澡（我听他们说洗热水澡会把身子"洗虚了"），但大家都洗了脸和脚，把那块脏得要命的洗脚趾布夹在脚趾间搓洗。只有愿意彻底洗个澡的人才有新的热水，洗脚只能用别人洗过的脏水。那个门房推搡着我们，一看到有人拖拖拉拉就破口大骂。轮到我洗澡的时候，我问他能不能让我先把浴缸清洗一下再洗澡，因为里面沾满了积垢。他回答道："给我闭嘴——洗你的澡去！"这个地方就是这样，我再也不吭气了。

我们洗完澡后，门房把我们的衣服捆成一团，给我们发放济贫院的衬衫——用灰棉土布织成的，不知道干不干净，就像小一号的睡衣。我们立刻被送进了单间牢房里，过了没多久，门房和牢头从济贫院那里搬来了晚饭。每个人的伙食是一块半磅重的面包，上面涂了一层薄薄的人造黄油和一夸脱没有加糖苦得要命的可可。我们坐在地板上，五分钟内就狼吞虎咽地把东西吃个精光。七点钟的时候牢房的门从外面锁上了，一直会到第二天早上八点才开门。

每个人可以和他的同伴一起睡，每间牢房关两个人。我没有同伴，于是和另一个没有伴的人被关押在一起。他个头瘦小，长着浓密的胡须，有点斜视。牢房八尺长，五尺宽，八尺高，用石头砌成，墙顶有一扇小窗，封着栅栏，门上有一个窥视孔，几乎与监狱的牢房没什么区别。房间里有六张毛毯，一个夜壶和一根热水管，除此之外再无其它。我环顾着牢房，隐隐觉得缺少了什么东西。接着我吃惊地意识到那样东西是什么，大声叫嚷着："我说呢，该死的，床哪儿去了？"

"床？"那个人惊讶地说道，"这里根本没有床！你还想怎么着？这里是收容所，你得睡地上。老天爷啊，你还没有适应过来吗？"

原来收容所没有床是司空见惯的事情。我们把大衣卷起来，靠在热水管道上，尽量让自己躺得舒服一些。房间里又闷又臭，却又没暖和到能让我们把所有的毯子铺在下面的程度，所以我们只能用一张毯子铺在地板上让躺着的地方能软一些。我们相隔一尺躺着，呼气时会喷到对方的脸，赤裸的手脚老是会碰到一起，当我们睡着的时候我们会翻来滚去，撞到对方。我们辗转反侧，夜不能寐，只要一转身，先是身上一麻，然后坚硬的地板透过那层毯子，硌得身上很疼。我勉强睡得着，但无法保持睡眠超过十分钟。

半夜里那个人试图猥亵我——在这么一间上了锁的漆黑

的牢房里，不禁令人毛骨悚然。他体格瘦弱，我可以轻松制服他，但我再也睡不着觉，这是理所当然的事情。那天晚上接下来的时间我们都没有睡，抽烟聊天。那个人告诉了我他的生平——他原本是个装配工，但失业已经三年了。他说他一失业老婆立刻就抛弃了他。从此他再没碰过女人，几乎忘记了女人是什么样子的。他还说长年流浪的人基本上都是同性恋。

八点钟的时候看门人一边沿着走廊把各间牢房的门打开，一边吼叫着："都给我出来！"房门一打开就散发出一股陈腐的恶臭。走廊里立刻挤满了穿着灰色衬衣的囚徒。每个人手里都拿着夜壶，抢着要去浴室。原来早上只有一缸水给我们这么多人洗漱。等我走进浴室的时候，二十个流浪汉已经洗了他们的脸。我看着水面的那层黑色浮渣，没有洗脸就走了出去。然后他们给我们分发早餐，和昨晚那顿晚餐的伙食一模一样。我们的衣服退了回来，然后我们被叫到院子里工作，为施舍给穷人的晚餐削土豆皮。这只是例行公事，在医生来给我们作检查之前让我们忙碌起来。大部分流浪汉都撒手不干活。十点钟的时候医生来了，我们回到牢房里，脱光衣服，在走廊里等候检查。

我们赤身露体，战战兢兢地在走廊排好队。你想象不出我们看上去多么狼狈不堪，站在那儿，暴露在光天化日之下。流浪汉的衣着很寒酸，但掩盖了更糟的事物。要了解他真实的、毫无掩饰的一面，你必须看到赤身露体的他。看着他那双平足、鼓胀的肚子、干瘪的胸膛和松弛的肌肉——各种孱弱的体格特征你都可以看到。几乎每个人都营养不良，有的人一看就知道得了疾病。有两个人绑着疝气带，至于那个七十五岁的木乃伊一般的老头，你不禁会怀疑他能不能每天赶路。看着我们一张张没有刮胡子、因为彻夜未眠而皱巴巴的脸，你会以为我们都是宿醉未醒的酒鬼。

其实检查只是看看有没有天花病人，对我们大体的健康状况根本不闻不问。一个年轻的医学院学生叼着根烟，快步走过队伍，上上下下打量着我们，没有开口问谁病了或谁身体健康。我的室友脱光衣服时，我看到他的胸口有一摊红疹。想到昨晚我和他相隔只有几英寸，我顿时很担心自己被传染了天花。但医生查看了那摊红疹，说那只是营养不良引起的。

检查完毕后我们穿上衣服，被带到院子里，看门人叫我们的名字，把我们寄存在办公室的财物还给我们，然后分发餐票。这些餐票每张值六便士，可以到我们昨晚所说的路线上某家咖啡厅使用。奇怪的是，有好些流浪汉不识字，向我和其他"读书人"请教他们的餐票上面写了些什么。

大门打开了，我们立刻作鸟兽散。在忍受了班房里局促肮脏的恶臭之后，空气感觉是多么甘甜——即使那是郊区后巷的空气！现在我多了个伴，因为在削土豆皮的时候我与一个名叫帕迪·贾克斯的爱尔兰流浪汉交上了朋友。他脸色苍白，神情忧郁，但看上去还蛮干净整洁。他准备去埃德伯里的班房，建议我和他一起去。我们出发了，下午三点钟的时候到达那里。本来路程应该是十二英里，但我们在伦敦北边的贫民窟迷了路，总共走了十四英里。我们的餐票写明是伊尔福德一间咖啡厅，当我们去到那儿时，一个当服务员的小姑娘看到我们的餐票，知道我们是流浪汉，不屑一顾地仰着头，让我们等了很久也不愿招呼我们。最后，她把两大杯茶、四片面包和荤油重重地搁在桌子上——这些东西总共才值八便士。原来这间店总是会克扣流浪汉，每张餐票坑个两便士。反正餐票不是现金，流浪汉们无法投诉，也不能跑到别的地方使用。

第二十八章

帕迪是我接下来半个月的同伴，因为他是我第一个混熟的流浪汉，我希望谈一谈关于他的事情。我觉得他是一个典型的流浪汉，像他这样的人在英国有成千上万个。

他个子很高，大概三十五岁，一头金发已经开始变得灰白，长着一双水汪汪的蓝眼睛。他长得还算英俊，但两颊瘦削凹陷，由于长年只吃面包和人造黄油，整张脸看上去灰扑扑的，而且很脏。他的衣着比大部分流浪汉要好一些，穿一件斜纹呢猎装和一条破旧的晚礼长裤，穗带还吊着。显然，在他心目中这根穗带是他仅存的自尊的象征。这根穗带一松掉他就会细心地缝好。他是个注重仪表的人，随身带着刮胡刀和牙刷，不肯将它们卖掉，虽然很久以前他就把自己的"文件"连同他那把小刀给卖掉了。不过，相距一百码开外，人家就会察觉到他是个流浪汉。他走起路来轻飘飘的，总是向前耸着肩膀，显得特别猥琐。一看他走路，你就知道他是个逆来顺受的人。

他在爱尔兰长大，当过兵，打过两年仗，然后曾在一家金属抛光厂工作过，但两年前失业了。他对自己沦落为流浪汉觉得万分羞愧，但他已经彻头彻尾地沾上了流浪汉的恶习。他总是扫视着人行道，不放过一个烟屁股，甚至连一个空香烟盒也不放过，因为他要用那层包装纸卷烟。在我们去埃德伯里的路上，他看到人行道上有一个报纸包着的包裹，立刻扑了上去，发现里面有两个羊肉三明治——边上已经被啃了几口。他坚持我们俩一起分享。每次经过一部自动售卖机时，他总是会拉一下把手，因为他说有时这些机器会坏掉，保不准会掉下几个便士。不过他没有胆量从事犯罪活动。当我们来到罗姆敦郊外的时候，帕迪发现一家人的门口台阶上有一瓶牛奶，显然是弄错了放在那里的。他停下脚步，饥渴地看着那瓶牛奶。

"上帝啊！"他感叹道，"好端端的牛奶就这样被浪费了。有人会把奶瓶给踢翻的，是吧？轻轻一碰就倒了。"

我知道他心里在想着"把瓶子碰倒"。他上下打量着街道，这里是僻静的住宅区街道，视野里一个人也没有。帕迪那张苍白皲裂的脸对那瓶牛奶恋恋不舍，然后转过身，阴郁地说道：

"最好别去碰它。大丈夫不应该小偷小摸。感谢上帝，我还从来没偷过东西呢。"

其实他是饿得胆小如鼠才不敢犯罪，要是让他吃两三顿饱饭，或许他就会鼓起勇气去偷那瓶牛奶。

和他聊天就只有两个话题，一个是沦落为流浪汉的羞愧，另一个是怎么才能免费吃到一顿饭。我们流落街头的时候他总是以那口爱尔兰腔哀怨地幽幽独白：

"流落街头真是太可怕了，呃？走进那些该死的收容所让我的心都碎了。但我还能怎么办？我已经两个月没好好吃过一顿饭了，还有我的靴子也破了，还有——上帝啊！去埃德伯里的路上我们顺便到修道院那里讨茶点吃好吗？大部分时候他们愿意赏口茶喝。要是没有教会，我们可怎么办啊？我到修道院讨过茶喝，去过浸信会，还有英国国教，所有的教会都去过了。我是信天主教的，但我有十七年没有忏悔过了，不过我还是很虔诚的信徒，你知道。那些修道院总是愿意赏口茶喝……"诸如此类的话。他可以一整天这样说个不停，几乎没有停歇。

他的无知到了令人发指的地步。比方说，有一次他问我拿破仑到底是耶稣基督之前还是之后的人物。又有一次，当我在书店门口隔着窗户玻璃张望时，他变得非常烦躁不安，因为有一本书的书名叫《效仿基督》。他觉得这个书名亵渎了神明，生气地说道："他们说要效仿基督，到底是什么用意？"他知书识字，但讨厌书籍。从罗姆敦到埃德伯里的路上我进了一间公共图书馆，虽然帕迪不想读书，但我还是建议他可以进去歇歇脚。但他执意要在人行道上等我。"不，"

他说道，"看见那些该死的书我就心烦。"

和大多数流浪汉一样，帕迪舍不得用火柴。我遇见他的时候他有一盒火柴，但我从未见他点着过一根。当我点着自己的火柴时，他总是说我太过奢侈。他总是找陌生人借火，有时宁愿半小时没有烟抽，也不愿点一根火柴。

帕迪总是自怜自伤，他似乎时时刻刻都在想着自己的不幸。他总是在沉默许久之后毫无情由大声哀号："当你生下来的时候，你就注定来到地狱，不是吗？"或者："进班房根本不是人过的生活，我呸。"他的脑袋里似乎只想着这些。他就像一条可怜虫，嫉妒任何生活比他好过一点的人——不是那些富人，因为这些人在他的社会接触范围之外，而是有工作的人。他对工作的渴望不亚于一个画家渴望成名。如果他看见一个老人在工作，他会不无苦涩地说道："看看那个老头——让身强力壮的人都失业了。"如果那是个年轻人，他会说："就是这些该死的年轻力壮的魔鬼把我们口里的面包抢走了。"在他看来，所有的外国人都是该死的生番——因为根据他的理论，外国人是失业的罪魁祸首。

当他看着女人时，他既会神往，却又带着愤恨。那些年轻漂亮的女人太高不可攀，他可不敢癞蛤蟆吃天鹅肉，而一看到妓女他口水都流了出来。每次经过几个嘴唇涂得猩红的老妓女身边时，他会转过身，如饥似渴地盯着她们，喃喃自语道："我的小甜心！"就像一个小男孩在糖果店窗口张望一样。他曾经告诉我他已经有两年没碰过女人了——从他失业之后开始——他已经不知道还有比嫖娼更美好的事情。他的性格就像一个典型的流浪汉——卑劣善妒，像豺狼一样贪婪。

不过他是个本性善良慷慨的好人，愿意和朋友分享最后的面包。事实上，他不止一次和我分享了他最后的口粮。假如让他好好吃几个月饱饭的话，或许他会是个很能干的人。但两年来光吃面包和人造黄油的经历让他的身体垮了下来。他就吃着这么劣质的伙食，把自己的身心都搞垮了。他之所以失去阳刚气概，完全是拜营养不良所赐，而非出于任何天生的缺陷。

第二十九章

去埃德伯里的路上我告诉帕迪我有个朋友可以周济我，建议他一起直接回伦敦，别去收容所再受一夜折磨。但帕迪最近没有去过埃德伯里的收容所，作为流浪汉，他不肯浪费不用钱住一晚的机会，决定第二天早上我们再回伦敦。我只有半个便士，不过帕迪有两先令，足够让我们各租一个床位，还能喝几杯茶。

埃德伯里的班房和罗姆敦那一间差别不大，最惨的是，在门口所有的烟都被没收了。我们被警告说要是有人被逮到抽烟会被立刻赶出去。根据《流浪法》的规定，流浪汉在收容所里抽烟会被起诉——事实上，无论他们做什么事情都可能会被起诉，但基本上政府嫌麻烦不会起诉这些流浪汉，只会把不听话的人赶出门外。这里不用干活，班房里挺舒服的。我们两个人睡一间房，"一上一下"——也就是一个睡木架床，一个睡地板。牢房里有草铺，毯子也够盖，虽然脏了点，但起码没有臭虫。这里的伙食和罗姆敦那间收容所一样，只不过喝的是茶而不是可可。早上我们可以多喝几杯茶，因为牢头兼营卖茶，一杯半个便士，这当然是违法的。他们分给我们每人一块面包和奶酪，权当中午的午餐。

我们回到伦敦时，离寄宿旅馆开门还有八个小时。一个人总是对身边的事物熟视无睹，真是很奇怪。我到过伦敦无数次，但直到那天我才注意到伦敦最糟糕的一面——连坐下来都要收钱。在巴黎如果你没钱又找不到公共长凳，你可以坐在人行道上。鬼才知道在伦敦如果你坐在人行道上会有什么后果——或许得坐牢。到了四点钟的时候我们已经站了五个小时，脚底被坚硬的石头硌得红肿起来。我们饿得慌，发给我们的口粮刚离开收容所的时候就已经吃掉了。我的烟抽完了——但对帕迪的影响不大，他可以捡烟屁股抽。我们去了两家教堂，发现门都锁着。于是我们想去公共图书馆坐一下，但里面已经满座了。作为最后的希望，帕迪建议去罗姆敦一家寄宿旅馆碰碰运气。按照规定七点钟之前他们是不会让我们进去的，但或许我们可以悄悄溜进去。我们走上装修华丽的门道（罗姆敦的寄宿旅馆装修都挺不错），装出漫不经心的样子，想扮成熟客溜进去。有个相貌凶狠的男人守在门道里，应该是旅馆的看门人，立刻拦住了我们。

"你们两个昨晚在这儿睡觉吗？"

"不是。"

"那就走人。"

我们乖乖出去，在街角又站了两个小时。那种感觉很不愉快，但教会了我"流落街头游手好闲"这个词组并不是那么回事，总算让我有点收获。

六点钟的时候我们去了一家救世军济贫站，得等到八点钟才能预订床位，而且不能保证会有空床给我们。不过一位长官称呼我们为"弟兄"①，答应让我们进去，条件是我们付两杯茶的茶钱。济贫站的大厅像一间粉刷了白石灰的大谷仓，很干净但没有什么摆设，令人觉得很局促，而且没有生火。几张长木凳上坐满了低眉顺目的斯文人，大约有二百来个。一两个穿着制服的长官来回走动着。墙上挂着好几幅布什将军②的画像，还有禁止做饭、饮酒、吐痰、说脏话、吵架和赌博的告示。这里是一份我逐字照抄的告示，作为一个例子：

"任何人若被发现赌博或打牌，将被当场驱逐，自此不被接纳。

举报赌博者可获得嘉奖。

值日长官要求全体住客协助他们，让这间旅社杜绝赌博的恶习。"

"赌博或打牌"是好玩的事情。在我的眼中，这些救世

---

① 基督教男性信徒彼此之间互称"弟兄"，尊上帝为天父。

② 布什将军，原名威廉·布什（William Booth, 1829—1912），英国卫理公会牧师，于1878年创建救世军慈善机构。

军济贫站虽然干净，但比起最差的寄宿旅馆要无趣得多。住在那儿的某些人已经走投无路了——他们都是破了产的良民，连领子都当掉了，却还幻想着找到在办公室上班的工作。到救世军济贫站这个起码干净一点儿的地方让他们保存了最后一丝尊严。坐在我隔壁桌子旁边的是两个外国人，虽然衣衫褴褛，但明显看得出是绅士身份。他们在下盲棋，连写下棋步都不用。其中一个是位盲人。我听他们说他们攒了很久的钱，想买一个棋盘，价钱半个克朗，但钱总是没办法攒够。到处都坐着失业的文员，一个个面无血色、郁郁寡欢。在一群人中，有一个身材瘦高、脸色像死人一样苍白的年轻人在兴奋地说着话。他用拳头砸着桌子，说起话来激动不已。当几个长官走到听不见他说话的地方时，他就会说一些令人惊诧莫名的亵渎神明的言语：

"我告诉你们这些家伙，明天我就要得到那份工作。我才不像你们那样不要脸地下跪乞讨，我自己可以照顾自己。看看那边那张标语——'主会令你富足！'该死的他哪里令我富足了？你觉得我会相信什么救主吗？一切都得靠自己，你们这些家伙，我一定会得到那份工作的！"等等等等。

我看着他，惊讶于他说话时的癫狂。他似乎陷入了歇斯底里，或许是有点喝醉了。坐了一个小时后，我走到大厅外边的一个小房间，应该是阅读室，但里面既没有书籍也没有报纸，没有几个人进来。我打开房门，看到只有那个年轻的职员独自在那儿，正跪在地上祈祷。在我关上房门之前，我有时间观察他的脸，觉得心里怪不舒服的，突然间通过他脸上的表情我意识到他正在挨饿。

床铺的费用是八便士。帕迪和我还剩五便士，于是我们去了"食堂"，那里的食物很便宜，但比起有的寄宿旅馆则要贵一些。茶水似乎是用茶叶末泡的，我猜是救世军接受的捐赠，但他们卖一个半便士一杯，味道极其难喝。十点钟的时候一位长官绕着大厅吹响了口哨。大家立刻起立。

"这是干什么？"我吃惊地询问帕迪。

"意思是你得上床睡觉了。你可得放聪明点。"大厅里的两百多人像绵羊一样温顺，乖乖地在长官们的指挥下排队回床铺睡觉。

宿舍是一间很宽敞的阁楼房间，像兵营一样摆着六七十张床铺，都很干净，而且挺舒服的，但床位很窄，密密麻麻地摆在一起，连喘口气隔壁床铺上的人都感觉得到。两位长官睡在房间里，以防熄灯后有人抽烟聊天。帕迪和我基本上睡不着觉，因为我们旁边有个人精神有点不正常，可能是得了弹震症，老是突如其来地惊叫一声"噼啪"，声音很响很吓人，就像汽车喇叭在轰鸣一样。你根本不知道他何时会叫嚷，被吵得无法入睡。大家都叫他"噼啪"。他总是来济贫站投宿，每晚都搞得十几二十个人无法安睡。在这些栖身之所总是有这么一些人扰人清梦。

七点钟的时候，哨声再次响起，长官们四处走动，摇醒那些没有立刻起床的人。自从那一次之后，我在几家救世军济贫站睡过，我发现虽然各家济贫站略有差异，但这种半军事化管理的纪律倒是一模一样。这种地方确实便宜，但就像公立济贫院一样，我很不喜欢。有的济贫站甚至每星期举行一到两次宗教仪式，住在里面的人必须参加，否则就会被赶出去。救世军总是认为自己是个慈善机构，连自己经营的寄宿旅馆也非要沾上慈善机构的气息不可。

十点钟的时候我去了B君的办公室，向他借一英镑。他给了我两英镑，告诉我有需要的时候可以再去找他。我和帕迪起码有一个星期不用为了钱而发愁。那天我们去了特拉法尔加广场闲荡，找帕迪的一个朋友，但他没有出现。晚上我们来到斯特朗大街附近一条僻静小巷的寄宿旅店。这里的收费是十一便士，但里面又黑又臭，而且这个地方的"牛郎"是出了名的。在楼下阴森森的厨房里，三个面目暧昧的年轻人穿着时髦的蓝色西装坐在一张长凳上，其他租客都不搭理他们。我想他们就是"牛郎"。他们和我在巴黎见过的男妓差不多，只是他们没有蓄着鬓角。在壁炉前面，一个衣冠楚楚的男人和一个一丝不挂的男人正在讨价还价。两人都是报纸推销员。那个衣冠楚楚的男人正准备把身上的衣服卖给那个赤身露体的男人。他说道：

"卖给你了，这身行头可是上等货。这件大衣卖你一托舍伦①，这条裤子卖你两先令，这双靴子卖你一个半先令，这顶帽子和这条围巾卖你一个先令，总共是七个先令。"

"你抢钱哪！大衣我只给你一个半先令，裤子一个先令，其他东西两先令全包了。总共四个半先令。"

"起码给五个半先令嘛，老伙计。"

"成交，把衣服脱下来。我得出去把刚来的报纸卖掉。"

那个衣冠楚楚的男人脱下衣服，三分钟后，两人的外貌掉转了过来，原先那个光着身子的男人穿上了衣服，另一个拿了一张《每日邮报》裹着自己的屁股。

房间又黑又挤，摆了十五张床。里面有一股辛辣的尿臭味，熏得我够呛，刚进去的时候我只能短促轻浅地呼吸，不敢一口气填满整个肺部。我躺在床上的时候，一个男人从漆黑一片中冒了出来，靠在我身旁，开始喋喋不休地说话，听他的口音似乎受过教育，而且略带酒意。

"你是公学毕业的吧?（他听到我和帕迪的对话了。）这里能遇到公学毕业生真不多见。我就是从伊顿公学毕业的。你知道吗——二十年来都这么不走运。"他开始颤着声音唱起了伊顿公学的赛艇进行曲，调子还蛮准的。

---

① 托舍伦(tosheroon)，英国旧硬币，合半克朗或 2.5 先令。

"阳光明媚的赛艇日，干草已收割……"

"别吵了！"几个房客嚷嚷着。

"俗不可耐，"那个伊顿公学的毕业生说道，"真是俗不可耐。对你我来说，这种地方可真是有趣，是吧？你知道我的朋友对我说什么吗？他们说：'M君，你已经无可救药了。'他们说得没错，我的确无可救药了。我已经堕落不堪，但不像这些人——住这里的人就算想堕落也不行。我们同是天涯沦落人，应该互相扶持。你知道吗——我们还不算太老。我请你喝酒好吗？"

他拿出一瓶樱桃白兰地酒，一个踉跄摔倒在我的双腿之间。帕迪正在脱衣服，把他扶了起来。

"回你的床位去，你这个糟老头……"

那个伊顿公学毕业生跟跟跄跄地走回自己的床位，和衣钻进被窝里，甚至连靴子也没有脱。夜里有几回我听见他在喃喃自语："M君，你已经无可救药了。"他似乎很喜欢这句话。到了早上他还是躺在那儿，全身的衣服都在，胳膊紧紧地夹着那瓶酒。他大约五十来岁，五官精致但显得很沧桑。奇怪的是，他的衣着很时髦，那双上好的仿革皮鞋从肮脏的床铺伸出来，让人觉得很不协调。我想到，那瓶樱桃白兰地的钱足够支付半个月的房租，因此他应该不是很穷。或许，他来这些寄宿酒店是为了找男妓。

床铺的间隔不到两英尺，半夜醒来的时候，我发现睡在我旁边的男人想从我枕头底下偷钱。他假装睡着了，轻轻地把手潜到枕头底下，动作就像老鼠一样轻盈诡秘。到了早上，我看见他是个驼子，胳膊很长，像一头猩猩。我告诉帕迪那个人想偷东西。他大笑着说：

"老天爷啊，这个你慢慢就会适应的。这些寄宿旅馆住的都是贼。在有的旅馆，你只能穿上所有的衣服睡觉。以前我还见过有人偷了一个瘸子的木腿呢。还有一次，我见过一个男的——体重得有十四英石——带着四英镑十先令去寄宿旅馆。他把钱压在床垫底下。他说：'好了，想拿我的钱，除非把我给抬起来。'但他们还是对他下手了。第二天早上他醒来时躺在地板上。有四个人抬着床垫的四个角落，轻轻地连人带床垫抬了起来。那四英镑十先令就此不翼而飞。"

第三十章

第二天早上我们又去找帕迪的朋友，他的名字叫波佐，是个马路画家——就是在大街上画画。帕迪从来不记地址，但他依稀记得在兰贝斯可以找到波佐，最后我们在河堤路碰见了他，他就在滑铁卢大桥附近定居。当时他正跪在人行道上，拿着一盒粉笔照着一本顶多值一便士的笔记本临摹着温斯顿·丘吉尔的素描，画得还蛮像的。波佐个头瘦小，肤色黝黑，长着鹰钩鼻和一头短短的卷发。他的右脚完全畸形了，脚跟部位扭曲得惨不忍睹。看他的外表你会以为他是个犹太人，但他总是矢口否认。他说他的鹰钩鼻是"罗马人的特征"，为自己长得很像某位罗马皇帝感到自豪——我猜想他指的是维斯帕西安①。

波佐说起话来很奇怪，带着伦敦土腔，但口齿清晰，很有表达力。他似乎曾经读过一些好书，但从来不在乎语法。我和帕迪在河堤路待了一会儿，和波佐聊天，听他讲述关于马路画家这个行当的事情。我以波佐的原话复述一下。

"他们都叫我严肃的马路画家。我可不像其他画家用黑板粉笔作画。我用的是画家用的颜料，这些颜料贵得很，特别是各类红色颜料。一整天画下来，我得花五个先令在颜料上，最起码也得两先令 *。我画的是漫画——你知道，政治、板球之类的题材。瞧瞧这个。"——他给我看他的笔记本——"看看这些政治人物画得像不像，都是我从报纸上临摹下来的。每天我都会画一幅不同的漫画。比方说，在讨论预算案时，我画了一幅画，描绘温斯顿试图推动一头大象，那头大象身上写着'负债'二字。在画底下我写上：'他能推得动吗？'懂了吗？你可以画任何党派的漫画，但你绝不能画一些赞同社会主义的内容，因为警察不能容忍这个。有一次我画了一幅漫画，画着一条王蛇，身上写着'资本家'，吞掉一只兔子，那只兔子身上写着'劳工'。警察走了过来，看到这幅画，开口说：'把它擦掉，放聪明一点。'我只能把那幅画擦掉。警察有权以街头流浪罪把你赶走，跟他们作对可不行。"

　　我问波佐街头作画能挣多少钱。他回答说：

　　"一年的这个时候，如果不下雨，从星期五到星期天我可以挣大概三个英镑——你知道，周五是发薪水的日子。下

---

① 提图斯·弗拉维斯·恺撒·维斯帕西安·奥古斯都（Titus Flavius Caesar Vespasianus Augustus, 9—79），古罗马帝国皇帝，公元 69 年至公元 79 年在位。

* 奥威尔注：街头画家会买颜料粉，掺上炼乳做成粉饼。

雨我就开不了工，颜料一下子就被雨水冲走了。一年算下来，我一个星期能挣一英镑，因为冬天你画不了几天画。赛艇日①和足总杯决赛②那两天，我可以挣到四英镑。但你非得把钱从人们口袋里撬出来不可，你懂的，如果你只是坐在那儿看着他们，你可连一先令也挣不到。人们通常只会施舍半个便士，除非你能让他们开口品评一下你的画作，不然连这半个便士也挣不到。一旦他们开了口，不给你施舍点钱他们心里就会感觉过意不去。最好的方式就是一直不停地画下去，因为当他们看到你在作画时，他们就会停下来看你。麻烦的地方是，等你转过身拿着帽子要钱时，这帮穷鬼就走开了。所以你需要一个搭档(助手)帮忙。你埋头作画，引来一群人看着你，那个搭档假装随意地走到他们后面，他们不知道他其实是我的搭档。然后突然他摘下自己的帽子，这样前后夹击他们就跑不掉了。那些真正的有钱人反而一个子儿都不给，给得最多的倒是那些穷鬼和外国人。我甚至从日本人和黑人那儿挣到过六个便士。他们可不像英国人那么小气。还有一件事得记住，那就是把你的钱藏好，顶多留一个便士在帽子里。要是他们看见你已经有一两个先令，他们就不肯给钱了。"

---

① 赛艇日(Boat Race Day)，指一年一度的牛津大学与剑桥大学之间的沿泰晤士河赛艇比赛，第一届赛艇比赛于 1829 年进行。
② 足总杯(Cup Final)，为世界上历史最悠久的足球赛事，始于 1872 年。

波佐非常鄙视河堤路的其他马路画家，说他们在"滥竽充数"。那个时候河堤路一带几乎每隔二十五码就有一个马路画家——二十五码是约定俗成的经营范围。波佐鄙夷地指着五十码开外一个白胡须的老画家。

"看到那个老傻瓜了吗？十年来每一天他都在画同一幅画。叫什么'忠实的朋友'，画的是一只狗把一个小孩从水里拖出来。一个十岁的小孩都比那个傻老头画得好。他就凭着经验学了这么一幅画，就像你试着把拼图拼起来那样。这里有许多这样的人。有时候他们会过来剽窃我的想法，但我根本不在乎。那些傻瓜自己琢磨不出任何东西。所以我总是占据先机。画漫画最要紧的就是与时俱进。有一次一个小孩把头卡在了切尔西桥的栏杆里，我听说了这件事，还没等他们把那个小孩的头弄出来，我已经在人行道上画了那幅画了。我手脚可利索了。"

波佐似乎是个有趣的人，我很想再见见他。那天晚上我去了河堤路见他，因为他答应带我和帕迪去泰晤士河南边的一间寄宿旅馆过夜。波佐把人行道上的画洗掉，点了点挣到的钱——大概有十六先令，他说有十二三先令的利润。我们向南走，来到兰贝斯。波佐走路很慢，一瘸一拐的，像螃蟹一样半侧着身子走路，拖着他那只瘸脚。他双手各挂着一根拐杖，那盒颜料就挂在肩膀上。我们过桥时他在一节桥孔边停下来休息，沉默了一两分钟，我惊讶地见到他在仰头望着星星。他碰了碰我的胳膊，用拐杖指着天空。

"你看看毕宿五①！看看它的颜色。就像一个——血红色的橘子！"

听他说话的语气，他似乎曾经在画廊里当过画评家。我觉得很惊讶，老实地承认我不知道那颗星星是毕宿五——事实上，我从来没有注意过星星有不同的颜色。波佐开始教我一些天文学最基本的知识，勾勒出那些大型的星座。他似乎觉得我是个白痴。我吃惊地问他：

"您对星相似乎很有研究嘛。"

"谈不上很有研究，只是略知一二罢了。皇家天文学会给我寄过两封信，感谢我撰写了关于流星的文章。晚上时不时我会出来观察流星。看星星是免费的节目，不用花你半分钱。"

"真是好主意！我从来没想过这一点。"

"你总得有一门兴趣。一个人流落街头，但这并不表示他只会关心一日三餐，不去想其他事情。"

"但过着这样的生活，还要培养一门兴趣——比方说观星，这未免也太难了吧？"

"你是说街头作画吗？这可不见得。你不一定就会变得很颓废——只要你意志坚定。"

———————————

① 毕宿五（Aldebaran），金牛星座的一等亮星。

"但大部分人似乎都受到了影响。"

"确实如此。看看帕迪吧——变成了只关心喝茶的老乞丐，顶多只能干干苦力活。大部分人最后都会变成这样。我看不起他们。但你不一定非得变成这样，如果你受过教育，就算这辈子你都得流落街头也不要紧。"

"我的想法刚好相反。"我说道，"在我看来，一旦你把一个人变成了穷光蛋，从那一刻开始，他就变得一无是处了。"

"不，话不能这么说。如果你能坚持自我的话，不管你有没有钱，你还是可以过同样的生活，你还是可以照样看你的书，坚持你自己的想法。你只需要对自己说：'我是一个自由的人。'——他敲了敲自己的额头——"那你就是一个自由的人。"

关于这个话题波佐继续谈下去。我入神地听着。他似乎是个很另类的马路画家，而且他是我遇到的第一个说贫穷并不要紧的人。接下来的几天接连下了好几场雨，他不能出去作画，我经常和他见面。他告诉了我他的生平，故事很有趣。

他父亲是个破产的书商，十八岁的时候他只能去当粉刷匠，一战时参军，在法国和印度待了三年。他觉得法国比英国更适合自己（他讨厌英国人），而且他在巴黎混得不错，攒下了一点钱，还与一个法国女孩订了婚。一天那个女孩子被公共汽车撞倒，惨死在车轮底下。波佐借酒浇愁颓废了一周，然后继续上班，但精神很恍惚。当天早上他在布置舞台的时候从上面摔了下来——舞台足足有四十英尺高——摔倒在人行道上，整只右脚都摔坏了，却只拿到六十英镑的赔偿。他回到英国，把钱都花在找工作上了，试过在米德萨斯街的市场兜售书籍，又试过摆地摊卖玩具，最后沦落为街头画家。从那时开始，他就着着现挣现吃的日子，到了冬天就只能半饿着肚子，经常去河堤路的收容所睡觉。

我认识他的时候，除了身上穿的衣服、作画的工具和几本书外他别无长物。他那身行头和大部分乞丐一样破烂不堪，但他戴着领子，打了领带，对此十分自豪。那条领子戴了有一年多，总是会倒翻过去，波佐总是从衬衣的下摆剪一块布下来缝补在领子上，下摆几乎都被剪光了。他那条瘸腿的伤势越来越重，或许得被迫截肢。而且他的膝盖老是跪在人行道上，结了厚厚的老茧，就像靴底一样坚硬。显然，他的前路非常渺茫，只能沦为乞丐，最终死于济贫院。

对于这样一个结局，他并不觉得害怕、遗憾、羞愧或自怨自艾。他接受了自己的命运，并琢磨出了自己的一套人生哲学。他说沦落为乞丐并不是他自己的错，既不觉得后悔，也不会因此而烦恼。他是社会的敌人，一有机会就会干些犯罪活动。他拒绝简朴生活之道，夏天的时候他一个子儿也不存下来，多余的钱都用来喝酒，因为他对女人不感兴趣。如果冬天来临时他身无分文，那么社会就得照顾他。他决心要从慈善事业那里尽可能地榨出每一个便士，但他决不会因此说声谢谢。但是他不去宗教性质的慈善机构，因为他说唱圣诗会让面包噎在喉咙里。他是个很有原则的人。比方说，他自夸说，这辈子就算再穷再饿，他也从来没有在人行道上捡过烟屁股。他觉得自己比起一般的乞丐地位要高一些，他说那些乞丐都是可鄙的人，甚至连不感恩的骨气都没有。

他的法语说得还可以，读过几本左拉的小说、莎士比亚的全部戏剧、《格列佛游记》[①]和几篇散文。他可以绘声绘色地描述他的历险，令人难以忘记。比方说，讲到葬礼时，他曾对我说：

"你有没有见过火葬尸体？我在印度见过。他们把一个老头放在火堆上，接下来的一幕让我几乎魂飞魄散，因为他开始蹬腿了。其实那只是他的肌肉遇热痉挛造成的——但我还是吓坏了。他的尸体蠕动着，就像把腌鱼搁在热炭上炙烤一样。接着他的腹部涨了起来，爆炸的声音五十码外都听得见。从此我坚决反对火葬。"

又有一次他说起了自己的事故：

"医生对我说，'你真是太走运了，只摔了一只脚，没有摔两只脚。要是你双腿着地的话，你会摔成一部六角手风

[①] 《格列佛游记》（*Gulliver's Travels*），英国作家乔纳森·斯威夫特（Jonathan Swift）的游记体讽刺小说，于1726年出版。

琴，两条腿骨会从你的耳孔里插出来！'"

显然，这番话不是医生本人的原话，而是波佐自己的添油加醋。他很会说话，而且他努力坚持自己的思想，保持敏锐，没有什么事情能让他向贫穷屈服。或许他衣衫褴褛，冻馁交加，但他能读书，能思考，能观察流星，用他的话说，在思想上他是自由的。

他是个愤世嫉俗的无神论者（这些无神论者不仅不相信上帝的存在，而且在人格上不喜欢上帝），认为人类社会不会有任何进步，并以此为乐。他说当他有时候在河堤路睡觉时，他抬头看着火星或土星，想到上面可能也有人睡在像河堤路这样的地方，心里就会得到安慰。关于这一点他有套古怪的理论。他说地球上的生活之所以那么苦，是因为这个星球缺乏生活的必需品；而火星气候寒冷，水分稀少，那里的环境一定更恶劣，生活自然也更加艰苦。在地球上，你偷了六便士只会被判刑坐牢，而到了火星你可能会被活生生地煮熟。这个想法令波佐很振奋，但我不知道为什么会这样。他真是一个非常特别的人。

第三十一章

　　波佐那间旅馆住一晚要九便士。地方很大，但很嘈杂，住了五百个人，是出了名的流浪汉、乞丐和小偷聚居的地方。这里什么人种都有，甚至还有混血儿，大家都平等相待。那里有印度人，当我用蹩脚的乌尔都语和其中一个打招呼时，他把我唤作"杂种"——要是在印度，这么叫人会把人气坏的。我们已经沦落到比肤色歧视更糟糕的地步了，可以看到种种奇怪的生活。有一个七十岁的老流浪汉，我们都叫他"老爷子"。他去捡烟屁股，然后把烟草收集起来，每盎司卖三便士，基本上就靠这种方式谋生。还有"医生"——他是个正牌医生，但因为得罪了人被吊销了执照，除了卖报纸之外，靠给人看诊挣点小钱，每次只收几便士。还有一个来自吉大港的小个子印度水手，老是光着脚，经常挨饿。他离开了自己的船，在伦敦流落了好几天，完全孤立无助，甚至不知道自己身处何方——他以为自己在利物浦，直到我告诉他这里是伦敦。有一位作家，他是波佐的朋友，专门写讨钱的信函，可怜巴巴地要人家寄钱给他，让他好帮老婆张罗葬礼，要是有一封回信真的给他寄了钱过来，他就会买一大堆面包和人造黄油吃到整个人都撑了。他为人下流，像豺狼一样贪婪。我和他说过话，发现他和很多骗子一样，相信大部分自己所说的谎言。寄宿旅馆就像伦敦的阿尔塞西区，专门窝藏这种人。

我和波佐在一起的时候，他教会了我在伦敦乞讨的一些技巧。这里面的门道绝非你想象中的那么简单。乞丐之间的差别很大，有的只靠乞讨要钱，有的在乞讨时会试着创造出一点价值，这两个群体其实不应该归为同一类人。乞讨的手段不一样，要到的钱数量也不一样。当然，星期天报纸里面所讲述的有些乞丐死去的时候裤子里缝着两千英镑的故事都是谎言，但手段高明一点的乞丐确实能挣到不少钱，有时候连续好几个星期都不会饿肚子。混得最好的乞丐是街头杂耍艺人和街头摄影师。运气好的时候——比方说戏院外排了长长的队伍——一个街头杂耍艺人每星期挣到五英镑是常有的事情。街头摄影师也能挣这么多，但他们得靠天吃饭。他们会耍手段以促成买卖。当他们看到一个可能会上钩的凯子朝他们走来时，其中一个摄影师就会跑到相机后面，假装照了一张相。当那个凯子走过来时，他们就起哄说：

"好了，先生，请拿你的相片吧。承惠一先令。"

"但我没有叫你们拍照啊。"那个凯子提出抗议。

"什么？你不想拍照？你刚才不是打了手势吗？这下好了，一张底片就这么浪费了！一张底片可得花六个便士。"

到了这一步那个凯子通常会觉得很抱歉，说他愿意买下那张照片。摄影师看了看底片，说刚才那张没照好，他们可以重新照一张，这张不另外收费。当然，他们根本就没有照第一张，要是那个凯子坚决不肯要相片，他们也毫无损失。

和耍杂技的乞丐一样，玩手风琴的乞丐被视为艺人。波佐有一个拉手风琴的朋友，名叫"矮子"，曾讲述过他的行当。他和他的伙伴在怀特查佩尔和商业大道一带的咖啡厅和酒馆"上班"。你不要以为拉手风琴的乞丐在街头挣钱。他们的收入十有八九都是在咖啡厅和酒吧里挣的——当然只是些廉价的酒吧，上档次的酒吧他们可进不去。矮子通常会在一间酒吧外面停下来，演奏一首曲子，然后他那个同伴走进里面——他装着木腿，颇令人同情，拿着帽子全场走一圈讨钱。讨到"赏钱"后，"矮子"总会再演奏一曲——作为对观众的致谢，表明他是个真正的艺人，而不是要到钱就跑的乞丐。他和搭档每星期可以挣到两三英镑平分，但他们每星期得付十五先令租手风琴，算下来一个人一星期只有一英镑的收入。他们从早上八点一直到晚上十点都在外面奔波，星期六的时候下班还要晚一些。

马路画家有的被认为是艺术家，有的则不是。波佐向我介绍了一位"真正的"艺术家——他曾在巴黎学过绘画，风光的时候画作还在沙龙画廊展览过。他的画风师从古典大师，考虑到他是在石板上作画，画得还是蛮不错的。他向我倾诉他是怎么沦为马路画家的：

"那时候我的妻子和孩子们在挨饿。有一天我扛着一大堆画作去找画商，到了深夜才回家，彷徨着到底该怎么办才能挣到一两先令。然后，在斯特朗大街我见到一个家伙跪在人行道上画着画，人们施舍给他几个便士。我经过他身边时，他站了起来，走进一家酒吧。'该死的。'我心想，'要是这样都能挣钱，那我也行。'于是我在冲动之下跪了下来，拿着他的粉笔开始作画。天知道我怎么会做出这种事情。当时我一定是饿晕了。我从未学过用粉笔作画，一边画一边揣摩着技巧。人们开始停下来，说我画得还不错，施舍了我大概九便士。这时那个家伙从酒吧里走了出来。'你——你在我的地盘上干什么？'他问道。我解释说我实在是饿得慌，得挣点钱。'噢，'他说道，'跟我来，咱俩喝一杯。'于是我和他一起喝酒，从那天开始就当上了街头画家。我每周挣一英镑。一英镑养六个孩子可不够，但幸运的是，我妻子给人缝补衣服，也能帮补点家计。

"这种生活最惨的就是挨冻，而另一件惨事就是你得忍受别人的干预。刚开始的时候，我不懂规矩，有时候会在人行道上画裸体画。第一次居然还是在圣马丁教堂外面，一个穿着黑衣的人走了过来——我猜他应该是教堂执事什么的——大声地朝我怒吼道：'你以为我们可以容忍这种下流东西在上帝神圣的教堂外面出现吗？'于是我只能把那幅画洗掉。其实我是在模仿波提切利①的《维纳斯》。还有一次我在河堤路画了这幅画。一个巡警看了看，然后什么也没说，踩在我的画上，用他那两只扁平的大脚把画给擦掉。"

波佐也说他遇到过警察的干预。我和他在一起的时候，海德公园刚好在打击"不检点行为"，警察疯狂展开行动。波佐画了一幅关于海德公园的漫画，画里面警察躲在树丛后面，标题是："大家都来找警察。"我告诉他要是把标题改为"大家来找不检点行为"会更有意思，但波佐不肯听我的。他说要是被警察看到的话会把他赶跑，那他就别想有生意做了。

地位比马路画家低一些的有唱圣诗的歌手、卖火柴或卖鞋带的小贩，还有卖信封的，里面装有一点薰衣草的粉末——美其名曰"香熏"。所有这些人说白了都是乞丐，摆出一副可怜巴巴的样子讨钱，一天却讨不到半个克朗。他们之所以得假装贩卖火柴之类的东西，而不是直接伸手向人要钱，是因为荒唐的英国法律对乞讨作出了种种限制。现行法律规定，如果你接近一个陌生人，向他讨两个便士，他可以叫警察把你抓走，因行乞罪监禁你七天。但如果你可怜巴巴

---

① 桑德罗·波提切利(Sandro Botticelli, 1445—1510)，意大利文艺复兴早期画家。

地低声嘟囔着"主啊,让我接近你①",或在人行道上拿着粉笔乱涂乱画,或拿着一盒火柴闲站着——一言以蔽之,你大大方方地做一个讨嫌鬼——在法律上你是在从事正当职业,而不是在行乞。其实卖火柴也好,街头卖唱也好,都是合法形式的犯罪,但都是没什么油水可捞的犯罪。在伦敦没有一个卖火柴的或歌手一年能够挣到五十英镑——而他们每星期得在街头站八十四个小时,汽车就从你身后掠过,实在是很不划算。

关于乞丐的社会地位,我要多说几句,因为当你和他们混熟之后,你会发现他们其实和普通人没什么两样,而你不禁会觉得很吃惊: 为什么社会会对他们抱以那样的态度。人们似乎觉得乞丐和普通的"劳动者"之间有着本质上的区别。他们似乎是一个单独的族群——就像罪犯和娼妓一样是社会的边缘群体。劳动者靠"劳动"生存,而乞丐不"劳动"。他们是寄生虫,对社会毫无价值。一个砌砖匠或一个文学批评家靠自己的劳动"挣钱"谋生,而乞丐不是靠劳动"挣钱"谋生,因此他们理所当然被视为社会的累赘。我们容忍他们,是因为我们生活在一个人性化的时代,但究其本质,他们都是可鄙的人。

但如果你深入观察的话,你会发现其实乞丐的谋生方式

---

① 一首 19 世纪的赞美诗。

和大部分体面的人没什么不同。有人会说乞丐们不事工作。那么，什么是工作？一个搬运工的工作是搬运货物。一个会计师的工作是加减数目。一个乞丐的工作是风雨无阻地站在街头，最后患上静脉曲张和慢性支气管炎等疾病。这份工作对社会没有贡献——但许多体面的工作对社会也没有贡献。比起其他职业，当乞丐其实并不丢人。比起大部分卖专利药品的商家，乞丐们在道德上更加诚实；比起周日报纸的老板，他们的品行更为高洁；比起分期付款货品的推销员，他们要更加和蔼友善——说得简单一点，他们是寄生虫，但起码对社会无害。他们只向社会索讨勉强糊口的钱财，而他们为此付出的代价是一直生活在苦难中，按照我们的伦理观念，这已经足以洗清他们的污点。我认为，乞丐和其他人在社会地位上是平等的，没有人有权利鄙视他们。

而问题出现了，为什么乞丐们会被鄙视？因为他们的确普遍被人鄙视。我认为原因很简单：他们没办法挣到足够的钱，体面地活下去。事实上，没有人在乎工作到底有没有贡献，是靠自食其力还是靠剥削削寄生。唯一重要的就是，工作必须能挣到钱。现在流行谈论能源、效率、社会服务什么的，说白了就是"挣钱，合法地挣钱，大把地挣钱"。金钱成了衡量价值的最高标准。以这一点衡量，乞丐们都是失败者，因此他们受众人鄙视。要是一个人靠着乞讨每星期能挣到十英镑，那乞丐立刻就会成为广受尊敬的职业。实际上，乞丐其实也是一门职业，和许多从事其它职业的人一样，阴差阳错就入了行。他们并没有出卖自己的尊严，他们只是作出了错误的选择，找了一份无法变成有钱人的职业。

第三十二章

我想尽量简短地介绍一下伦敦的俚语和脏话。这些话（那些众人皆知的话除外）是现在伦敦市里黑话的一部分。

排骨——乞丐或街头艺人。伸手党——完全不加掩饰，直接伸手跟人要钱的人。帮闲——帮乞丐捡硬币的帮手。卖唱的——街头歌手。跳蚤——街头舞者。白相人——街头给人拍照的人。瞥光——晚上帮人看车的。驾儿——和卖假货的配合，假装购买东西哄别人下水的共犯。条子——探员。平底鞋——警察。迪德基——吉卜赛浪人。托比——流浪汉。

赏钱——给乞丐的钱。福库姆——包在信封里的薰衣草粉末或其他香精。酒铺——喝酒的地方。片子——街头小贩的营业执照。通铺——睡觉的地方或寄宿旅店。烟城——伦敦。朱迪——女人。班房或牢子——临时收容所。托舍伦——半克朗。迪纳或霍格——一先令。斯布罗西——六便士。克洛兹——铜板。鼓——野营用的马口铁罐。手铐——汤。聊聊——臭虫。硬货——从烟屁股里掏出来的烟草。棍子或杖子——窃贼的撬棍。天使——保险箱。亮子——窃贼用的氧乙炔汽灯。

老饕——狼吞虎咽。撞人——偷钱。扎营——露天睡觉。

这些词汇里面有一半得在厚一些的辞典里才查得到。猜想这些词汇的起源是很有趣的事情，不过有一两个——比方说"福库姆"和"托舍伦"——根本猜不出来。"迪纳"这个词应该起源于法语词语"迪尼尔"（银币）。"瞥光"（源自动词"闪光"），或许与古英语词汇"烛光"和另一个古英语词汇"瞥见"有关。不过这个词是新词构词法的一个例子，因为按现在的意思这个词比"汽车"晚不了多少。"驾儿"这个词很有意思，显然这个词源自拟声词"驾"，意思是赶马。"马路画家"的出处很费解，这个词应该出自于拉丁文"写"，但过去一百五十年来英语中没有这个词的近义词。这个词也不可能是来自法语，因为法国根本没有马路画家。"朱迪"和"老饕"是伦敦东区的习语，伦敦塔桥以西根本没有人会这么说。"烟城"这个词只在流浪汉们里通行。'通铺'是丹麦语。直到不久之前，表达这个意思的时候都会用"落脚处"这个词，但现在这个词已经基本上不用了。

伦敦的俚语和方言似乎变化得非常快。狄更斯和苏迪斯[①]的作品中所描写的旧式伦敦口音，那种 V 和 W 不分的情况已经彻底消失了。现在我们所熟知的伦敦土腔似乎是在十九世纪四十年代时形成的(美国作家赫尔曼·梅尔维尔[②]的作品《白色夹克》第一次提出这个词)。伦敦土腔一直在改变。现在很少人会像二十年前那样把"脸"说成"两"，"好"说成"吼"。伴随着口音的改变，俚语也在变。比方说，二十五或三十年前，"同韵俚语"在伦敦兴盛一时，每个词字都会换成和原来的字押韵的另一个字——"漫不经亲"是在说"漫不经心"，"肉咀"是在说"肉脚"，等等。这种现象非常普遍，甚至还出现在小说里面，现在则几乎绝迹了。[*] 或许我上面所列出的那些词汇再过个二十年就会消失。

脏话也在改变——或者说，它们在与时俱进。比方说，二十年前伦敦的工人阶级习惯用"该死的"这个词骂人。现在他们已经完全不用这个词了，但有的小说家仍在他们的书里用这个词。现在伦敦土生土长的人(出生于苏格兰或爱尔

[①] 应指罗伯特·史密斯·苏迪斯(Robert Smith Surtees, 1805—1864)，英国作家，代表作有《汉德利十字架》、《希灵顿大厅》等。

[②] 赫尔曼·梅尔维尔(Herman Melville, 1819—1891)，美国小说家，代表作有《白鲸》、《台比：波利尼西亚生活一瞥》。

[*] 奥威尔注：这种表达方式有的通过缩略方式保留了下来，比方说"用用你那两便士"，意思是"用用你那脑袋包"。"两便士"是这么辗转得来的：脑袋包——面包——两便士的面包——两便士。

兰的人情况不同）不会用"该死的"，除非他受过教育。事实上，这个词被社会地位更高的群体所接受，不再是工人阶级用来骂人的字眼。伦敦现在流行的用于修饰每个名词的脏话是"—"①。无疑，这个"—"最后将会步入大雅之堂，被别的词所替代。

骂人的话，尤其是英语骂人的话，是非常神秘难懂的。究其本质，骂人和巫术一样是非理性的行为——事实上，骂人与巫术颇有渊源。但关于骂人有一个悖论，那就是：我们骂人的用意是使他人感到震惊或受到伤害，为了达到这个目的，我们会提及一些本该是保持神秘的事物——通常这些事物都与性行为有关。但奇怪的是，当一个词被广泛用为骂人的话后，它的本意似乎就消失了，也就是说，失去了原来使它成为一个脏字的意义。一个词变成脏字是因为它有某方面的所指，而因为它已经变成了脏字，它就不再表示那方面的意思了。比方说，现在伦敦人基本不用"—"这个词最原始的意思了，从早到晚他们就把这个词挂在嘴上，但纯粹只是宣泄情绪，而不是特有所指。和"—"相类似，你可以想到近似的法语字眼，比方说"—"这个词，现在这个词的原本含义也已消失了，变成了一个没有特定意思的感叹词。

又比方说，"—"这个词在巴黎还时不时有人在用，但

---

① 英文原文中这个词以"—"表示，或许是作者或出版社的隐晦表达，译者猜测这个字或许是"操"（fuck）。

那些人，或大部分人，并不知道这个词原本的含义。当中的规矩似乎是，被用来骂人的字眼带有某种魔力，让它们单独被剥离出来，不再用于日常的对话中。

　　用来侮辱人的字眼和诅咒人的字眼似乎都被这个悖论所主宰。有人会以为一个词变成了骂人的话，因为它指代某些不好的事物，但事实上它骂人的含义和其本来的含义没什么关联。比方说，骂伦敦人最狠的话是"杂种"这个词——但如果你考证它的本意，其实根本算不上是侮辱。无论是在伦敦还是在巴黎，对女性最严重的侮辱是骂她为"母牛"，而这个词或许还有褒扬的含义，因为母牛是最可爱的动物之一。显然，一个词之所以会变成脏话，纯粹是出于说话人的用意，与这个词字典的含义无关。文字，尤其是骂人的词，是大众的意见合力塑成的结果。看到一个骂人的词语到了不同的国家就改变了性质是一件很有意思的事情。在英国，你可以印"我操①"，不会有任何人提出抗议，而在法国，你就只能印"我—"。或者再举另一个例子，以"妈了个逼的②"这个词为例，在印度这是不可原谅的侮辱，但在英国我们都当它只是调笑的话而已。我甚至还在学校的课本里见过这个词，出现在阿里斯托芬③的一出戏剧里，注释里说这是在翻

① 原文为法语。
② 原文为兴都斯坦语脏话。
③ 阿里斯托芬（Aristophanes，公元前446年—公元前386年），古希腊喜剧作家，代表作有《黄蜂》、《青蛙》、《吕西斯蒂亚》等。

译剧中一位波斯使者嘴里胡说八道的话。或许作注释的人知道"妈了个逼的"是什么意思，但由于它是外来语，所以失去了作为脏话的魔力，因此可以刊印出来。

值得注意的另一件事情是，伦敦的男人通常不会在女人面前爆粗口，而在巴黎情况则完全不同。一个巴黎工人在女人面前或许会稍微有点节制不说脏话，但对此并不是很在乎，而女人之间则秽语百出。在这件事情上可以说，伦敦人比较有礼貌，或者说，比较有洁癖。

这些内容是我漫无规律地搜集而来的。没有精通文字的人对伦敦的俚语和脏话进行年册纪录，精确记录语言的变迁实在是一大遗憾。或许这将会对我们有所启发，进一步了解词汇形成、发展和消亡的过程。

第三十三章

　　B君给我的那两英镑撑了十天左右，能撑这么久应该归功于帕迪，在流浪生涯中他学会了厉行节俭，连一天吃顿好饭都觉得是过分的奢侈。对他来说，食物不过就是面包加人造黄油——他的伙食永远是一杯茶和两片面包，顶多能充饥一两个小时。他教会我如何一天只花半克朗就解决食物、床铺、烟草和其他一切生存必需品。晚上他还去"瞥光"，能挣上几先令。这份工作不踏实，因为是违法的勾当，但勉强能帮补我们的经济。

　　一天早上我们去应聘"人肉招牌"这份工作。我们凌晨五点就在几间办公室后面的一条小巷子里等候，但已经有三四十人在排队等候。等了两个小时后他们才告诉我们那天没有工作。我们并没有多少损失，因为"人肉招牌"这个工作并不值得羡慕。他们每天挣三个先令，得干十个小时的活儿——这可是辛苦活儿，特别是在风大的日子，而且不能偷懒，因为监工经常会过来巡逻，看看工人是否卖力。更惨的是,"人肉招牌"干的是零工,有时会被雇上三天,但从来不会超过一个星期,因此他们每天早上都得枯等几个小时,希望能有活儿干。现在失业的人多,都愿意干这份工作,他们根本没有权力争取更好的待遇。所有的"人肉招牌"都羡慕派发传单的工作,因为收入差不多。如果你见到有人在派发传单,你不妨高抬贵手拿上一张,因为他得派发完所有的传单才能下班。

这段时间我们一直住在寄宿旅馆里——过着肮脏而平静到极其无聊的生活。一连好几天我们无所事事地坐在地下的厨房里,读着昨天的报纸,或者读着过期的《米字旗》杂志。这个时候是伦敦的雨季,每个人回来的时候身上都冒着水汽,因此厨房里臭气熏天。唯一让人兴奋的事情就是等着喝一杯茶,吃两片面包。我不知道伦敦有多少人过着这样的生活——起码得有好几千人吧。而对于帕迪来说,这是两年来他过得最舒服的时光。有时候他手头能有个几先令,作为流浪生涯的插曲,而这一直就是他度过插曲的方式——流浪本身总归更糟一些。听听他呜咽的声音——没有在吃东西的时候说起话来他总是在呜咽——你就会意识到失业对他来说是多么可怕的摧残和折磨。人们以为失业的人只会担心丢了饭碗,但他们想错了。恰恰相反,一个目不识丁的男人,骨子里习惯了工作,不只是为了钱而工作。一个受过教育的人可以忍受强加于身的闲散生活,而闲散堪称是贫穷最可怕的不幸之一。而对于像帕迪这样的人，他们没有其他方式消磨时间，他们一失业就像小狗被绑在铁链上一样。这就是为什么那种说"真正值得可怜的人是那些曾经风光如今却落魄潦倒的人"的论调其实是无稽之谈。真正值得怜悯的人是那些从一出生就穷困潦倒的人，面对贫困，他们根本无能为力，茫然失措。

这是一段很无聊的日子，我几乎毫无印象，唯一记得的是与波佐的谈话，还有一次在寄宿旅馆里举行的贫民窟派对。帕迪和我出去了，下午的时候回来，听到楼下传来了音乐声。我们看到三位衣着光鲜的绅士正在厨房里举行某种宗教仪式。他们是教士，神情严肃，身穿双排扣的长大衣，有一位女士坐在那儿弹奏便携式的脚踏风琴，还有一个没有下巴的年轻人在把玩一个十字架。他们似乎是不速之客，没有人邀请他们来，他们就这么闯进来，开始举行仪式。

观察这里的租客如何对待这些不速之客是很有趣的一件事。他们没有对这帮贫民窟的教士粗暴地表示反对，只是根本没有去理睬他们。厨房里的人都心照不宣——得有上百个人吧——似乎当那几个贫民窟的教士并不存在一样。他们耐心地站在那儿唱歌和劝诫，但根本没有人在意，似乎当他们只是几只虫子。那位穿着双排扣长大衣的绅士在布道，但一个字也听不清楚。布道的内容被歌声、咒骂声和锅碗瓢盆的敲打声所淹没。那些人离脚踏风琴不过三英尺，坐在那儿漠然处之，照常吃饭打牌。过了没多久那几个贫民窟的教士就结束离开了，没有人开口赶他们走，只是当他们像空气一样。毫无疑问，他们会自我安慰说自己是多么勇敢，"无所畏惧地闯入了最低贱的洞穴，"等等等等。

波佐说这些人每个月会来寄宿旅店几次。他们与警察有关系，旅店经理不能赶他们出去。只要你的收入低于一定的水平，他们就认为向你布道传教是天经地义的事情，想想真是好笑。

住了九天之后，B君那两英镑只剩下一先令九便士。帕迪和我留了十八便士用来付床位费，花了三便士买了一杯茶和两片面包，两人分着吃掉——分量只够当开胃点心，根本算不上一顿饭。到了下午我们俩都饿得头昏眼花，帕迪想起在国王十字车站附近有一间教堂，每星期会给流浪汉们免费提供茶点。那天刚好就是茶点的日子，我们决定过去。虽然那天下着雨，而且几乎身无分文，但波佐不肯跟我们一起去，说他不会接受教会的施舍。

教堂外面有上百人在等候着，他们都是来自四面八方的脏兮兮的流浪汉，收到了可以享受免费茶点的消息而来，就像围绕在一头死水牛身边的鹬子。过了一会儿教堂的几扇门打开了，一位牧师和几位修女领着我们走进教堂顶部的楼座。这是一间福音派教堂，非常荒凉丑陋，墙上装饰着讲述血与火的经文，还有一本赞美诗经文，里面有一千两百五十一首赞美诗。我读了几首赞美诗，得出的结论是，这本书可以作为蹩脚诗篇的选集。茶点后将举行祈祷，平时的会众坐在下面的大堂里。那天不是周末，只有几十个信徒参加聚会，大部分是皱巴巴的老女人，让人想起水煮的家禽。我们被安排坐在楼座的靠背长凳上，然后他们端来了茶点。每个人可以喝到一磅茶水，用果酱罐盛着，还有六片面包加人造黄油。茶点一结束，挨着门口的几个流浪汉立刻冲了出去，不想参加仪式。其他人留了下来，并不是出于感恩，而是因为他们脸皮还没有厚到吃完就溜的地步。

　　管风琴奏响了序曲，仪式开始了。似乎一声令下，我们这帮流浪汉开始以最可恶的方式做出各种小动作。一个人绝对想象不到这一幕情景会在教堂里发生。我们懒洋洋地靠在楼座的长凳上，有说有笑，倾着身子朝坐在下面的信徒扔面包屑。坐在我旁边的人准备点烟，我不得不花点力气制止了他。这帮流浪汉纯粹当这次祈祷仪式是一场笑话。事实上，这次仪式确实很搞笑——时不时就有人猛然喊道"哈利路亚"，还有无穷无尽的即兴祈祷——但他们实在是太过分。会众里有一个老头子——叫布托尔兄弟什么的——他总是在倡导我们一起祈祷，他甫一起立流浪汉们就开始跺地，似乎当这里是一座戏院。他们说上一次这个老头的即兴祈祷足足持续了二十五分钟。直到牧师将他打断为止。有一回布托尔兄弟起立时，一个流浪汉嚷道："不许超过七分钟！"嚷得那么大声，整个教堂一定都听到了。很快我们的声音就盖过了主持牧师的祷告声。不时地，下面的人会愤慨地朝上面说道："嘘！"示意我们安静下来，但根本没有作用。我们就是故意要捣蛋，根本无法阻止我们。

那是一幕非常古怪恶心的情景。下面是十几个纯朴善良的好人，努力想进行祈祷。上面是上百个刚刚吃饱喝足的人，故意要让祈祷无法进行下去。一圈脏兮兮的、头发蓬乱的脸从楼座往下望去，公然咧嘴大笑，嘲弄着下面的人。那几个女人和老人家怎么能扛得过上百个不怀好意的流浪汉？他们很害怕我们，我们明摆着就是在欺负他们。我们觉得他们施舍我们食物是在羞辱我们，以这种行为进行报复。

主持牧师是个勇敢的人，以雷鸣般的声音从容不迫地念完关于《约书亚记》的长篇布道，尽量不去理会上面的窃笑和聊天。但到了最后，或许被刺激得怒不可遏，他高声宣布：

"此次布道的最后五分钟我要对尚未得到救赎的灵魂讲话！"

说完这一句之后，他仰脸朝着楼座，足足说了五分钟，讲述哪些人可以获得救赎，哪些人无法获得救赎。但我们才不在乎呢！即使牧师以地狱之火相要挟，我们仍继续抽着烟卷。等到最后一句"阿门"讲完，我们就吵吵闹闹地走下楼梯，许多人都说好了下星期会再过来免费享用茶点。

这一幕情景让我觉得很有趣，与流浪汉平素的举动大相径庭——平时他们接受施舍时总是像可怜虫一般奴颜婢膝。对此的解释当然是，我们的人数远远超过参加聚会的信徒的数目，因此不怕他们。接受慈善施舍的人总是痛恨其恩人——这是人性中亘古不变的特征。而当他有五十个或上百个同伴给他撑腰时，他就会将仇恨彻底暴露出来。

到了晚上，吃完免费茶点之后，帕迪意外地又挣到了一笔十八便士的"瞥光费"。这笔钱刚好够我们再住一晚上，我们把钱留了起来，饿着肚子直到第二天晚上九点。本来波佐可以周济我们一点吃的，但他一整天都不在。人行道湿漉漉的，他去了象堡那里——他知道有一块空地不会被雨淋到。幸运的是，我还有点烟草，不然的话那天会更难挨。

八点半的时候帕迪带我到河堤路，据说有一个牧师每个星期会到那里赠予餐券。在查林十字街大桥已经有五十个人在等候着，样子倒映在让人冻得发僵的水潭里。有的人实在是面目可憎——他们都是河堤路的露宿者，河堤路可是比班房更糟糕的地方。我记得其中一个穿着没有钮扣的大衣，就用绳子把衣服系起来，穿着一条褴褛的长裤，两只靴子露出了脚趾——上面连袜子也没有。他蓄着大胡子，像个苦行僧，往胸脯和肩膀上涂满了黑漆漆脏兮兮的东西，好像是火车的机油。在泥垢和毛发下，你可以看到他的脸似乎得了白化病，白得吓人。我听到他开口说话，口音很文雅，像是文员或跑堂的。

很快那位牧师来了，流浪汉们按照先来后到的顺序排好了队。那位牧师很年轻，身材略胖，长得很像我在巴黎的那个朋友查理。他很害羞尴尬，只会对我们说"晚上好"。他快步走过队伍，给每人分发一张餐券，没有稍作停留让别人感谢他。有那么一会儿，大家都很感激他，说那位牧师是个好人。有人高喊道（我相信牧师听见了）："他肯定不会当上主教的！"——这句话其实只是真挚的赞美。

每张餐券值六便士，指定到附近一间餐馆使用。到了那儿我们发现老板知道流浪汉只能到这里来，于是每张餐券只给价值四便士的食物，以此克扣敛财。帕迪和我把餐券拼到一块儿，却只得到别的咖啡厅只花七八便士就可以买到的食物。那位牧师派发了价值超过一英镑的餐券，所以那间餐馆的老板应该每星期坑了流浪汉多达七先令以上的钱财。流浪汉被这样坑害是司空见惯的事情，只要人们继续沿用派发餐券的做法而不是直接给钱，这种情况就会一直持续下去。

帕迪和我回到了寄宿旅馆，仍然觉得肚子很饿，于是跑到厨房里烤火取暖，以慰饥饿之苦。十点半的时候波佐回来了，样子疲惫憔悴，因为他那条瘸腿让走路变成了一种折磨。所有能避雨的地方都给占了，他无法作画挣钱，只好直接伸手向人要钱，乞讨了几个小时，还得小心提防警察。他讨到了八便士——但离付房租还差一便士。付钱的时间已经过去了，他只能趁着经理不注意溜了进来，要是他被逮到，就会被赶出去，到河堤路露宿街头。波佐从口袋里掏出几样东西，细细看了几遍，思索着要把哪个卖掉。他决定卖掉刮胡刀，拿着它在厨房绕了一圈，几分钟内就卖掉了，换了三便士——现在他有钱付房租，买一壶茶，还能剩半个便士。

波佐买了一壶茶，坐在火堆旁边把衣服烤干。他喝着茶的时候我看到他在开怀大笑，似乎听到了什么笑话。我吃惊地问他到底在笑什么。

"真是他妈的太有趣了！"他说道，"应该登上《潘趣》的。你知道我做了什么吗？"

"怎么了？"

"我把刮胡刀卖了，却忘了先给自己刮胡子。真是个大傻瓜！"

他从早上到现在一直没吃东西，拖着一条瘸腿走了几英里的路，全身的衣服都淋湿了，身上只剩下半个便士，饭都吃不起。但就算这样他仍然能因为卖了那把刮胡刀而笑起来，我觉得他真的很了不起。

第三十四章

　　第二天早上我们的钱花光了。帕迪和我出发去班房。我们经旧肯特路向南边走，准备去克罗姆利。我们不能去伦敦的班房，因为不久前帕迪才去过那里，他不敢冒险再去一趟。我们走了十六公里的沥青路，脚上起了水泡，而且饿得发慌。帕迪扫视着人行道，积攒着烟屁股为进班房未雨绸缪。他锲而不舍的精神终于得到了回报，捡到了一便士。我们买了一大片馒面包，边走边吃。

　　到了克罗姆利，离进班房的时间还早，我们又走了几英里路，来到一座草地旁边的庄园，在那里歇脚。这里是流浪汉聚集的大本营——只要你看到那块磨得差不多的草坪、踩得稀烂的报纸以及他们丢下的锈迹斑斑的瓶瓶罐罐就知道了。其他流浪汉三三两两地来了。那一天秋高气爽，附近长着一丛艾菊，直到现在我似乎仍能闻到那些艾菊散发出来的浓烈的香气，盖过了流浪汉身上的臭味。草坪上有两匹拉车的小马，毛发是赭黄色的，而鬃毛和尾巴是白色的，正在大门旁边啃草。我们精疲力尽四仰八叉地躺在地上，浑身汗淋淋的。有人找来干树枝，生起了一堆火。我们用一口锡"鼓"烧了些茶，没加牛奶将就着轮流都喝了几口。

有几个流浪汉开始说起了故事。其中一个流浪汉名叫比尔，是个有趣的人，块头特别大，壮得跟巨灵神一样，为人特别老实。他说凭自己的力气随时都可以去当土方工人，但他领到第一个星期的薪水就会去大喝一通，然后被老板解雇。有时他会直接伸手向人乞讨，主要的对象是店铺老板。他是这么说的：

"我不会去肯特郡，肯特郡不好营生，确实是这样，那里有太多人在伸手乞讨了。面包店的老板宁愿把面包扔掉也不肯施舍给你。牛津倒是个乞讨的好地方。我在牛津的时候会讨点面包、熏肉和牛肉。每天晚上再从学生那儿讨几个小钱好找地方落脚。到了最后一天晚上，我还差两便士投宿的钱，于是我去找一位牧师，求他施舍三便士。他给了我三便士，转过头就告我乞讨。一个条子盘问我：'你在乞讨是吧。'我回答说：'没有啊，我只是在问时间。'那个条子开始搜我的身，掏出了一磅肉和两块面包。'那，这些是什么？'他说道，'跟我回局里去。'法官判我坐牢七天。我再也不敢找牧师讨钱了。但管它呢！我会在乎坐七天的牢吗？"等等等等。

他的生活似乎就是这样——到处讨钱、喝酒、坐牢。说起这些时他一直在哈哈大笑，似乎只是当成一个天大的笑话。看他的样子似乎讨钱的日子不是很好过，因为他只穿着一件灯芯绒西装、一条围巾和一顶帽子——没有袜子或内衣。但他吃得胖乎乎的，而且很开心，身上还带着啤酒味，这种味道如今在流浪汉身上很难闻到了。

有两个流浪汉最近来过克罗姆利的班房。他们讲述了与这间班房有关的鬼故事。他们说几年前那里有人自杀。有个流浪汉把一把刮胡刀偷偷运进了牢房，在里面割喉自杀。到了早上牢头过来的时候，尸体卡在了房门里，为了开门，他们不得不把那个死人的胳膊拗断。出于报复，那个死者的阴魂经常在牢房里作祟，凡是在牢房里睡过觉的人那一年都会暴毙。当然，这种传说层出不穷。当一间牢房的门打不开时，你最好得像躲瘟疫一样躲它远一点，因为那间牢房一定在闹鬼。

有两个流浪汉曾经当过水手，讲述了另一个骇人听闻的故事。有一个人（他们发誓说认识那个人）计划乘船偷渡去智利。船上载满了用大木箱包装的货物。在一个码头工人的帮助下那个偷渡客躲在了一口木箱中，但那个码头工人弄错了木箱装卸的顺序。起重机把偷渡客藏身的那个木箱高高举起，将他放到了货物的底部，上面压着几百口木箱。没有人发现这件事，直到航行结束，他们发现那个偷渡客因窒息而死，尸体已经腐烂了。

另一个流浪汉讲述了苏格兰大盗吉尔德雷的故事。吉尔德雷本来被判处绞刑，但他逃出监狱，抓住那个对他判刑的法官，反而将他吊死。（这家伙太牛了！）当然，流浪汉们都喜欢这个故事，但有趣的是，整个故事他们都搞错了。他们的版本是，吉尔德雷逃到了美国，而事实上他再次被捕并被处死。显然，这个故事经过了刻意的修改，就像孩子们修改参孙①和罗宾汉②的故事一样，发挥他们无穷的想象力，让这些英雄人物得以善终。

谈到吉尔德雷，流浪汉们聊起了历史，一个上了岁数的老头说"狗咬人第一次无罪"③这条法规是以前那些贵族带着狗不去猎鹿而是纵狗咬人时流传下来的。有几个人嘲笑他，但他仍坚持己见。他还知道"谷物法"和"初夜权"（他认为以前真的有这么一条法律存在）的出处。他还知道法国大革命，认为那是穷人反抗富人的暴动——或许他把它和农民起义弄混了。我不知道这个老头识不识字，但可以肯定的是，他没有在引述报纸上的那些报道。他那零星的历史知识

---

① 参孙（Samson），《圣经·旧约·士师记》中所记载的一位犹太人士师，天赋异禀膂力大无穷，由于中了非利士人的美人计，失去了神力并沦为奴隶，最后神力恢复，与非利士人同归于尽。

② 罗宾汉（Robinhood），生卒年月不详，英格兰传说中的侠盗，善剑术，精射箭，劫富济贫，为穷人所称道。

③ 指狗的主人在完全不知情的情况下，他的狗第一次咬伤人可不负责任，而这只狗若再次伤人，则主人须负法律责任。

是流浪汉们一代代传下来的，有些事或许说了好几个世纪了。这些就是薪火相传的口述历史，好像是中世纪传来的微弱的回响。

到了傍晚六点钟的时候我和帕迪去了班房，第二天早上十点钟出来。里面和罗姆敦与埃德伯里的班房差不多，但我们没有遇到那个恶鬼。我们认识了两个年轻人——威廉和弗莱德，都来自诺福克，以前都是渔民。这两个年轻人很活跃，喜欢唱歌。他们会唱一首名叫《忧郁的贝拉》的歌，歌词挺有意思。接下来的两天我听他们唱过好几遍，默记在了心里，不过有一两句歌词是我瞎猜的。

"贝拉年轻貌美如花，长着蓝色的眼眸和一头金黄的秀发。噢，忧郁的贝拉！她的步伐是那么轻盈，她的心情是那么快乐。但她毫无阅历，在明媚的一天，被一个薄情寡幸的骗子，搞大了肚子。

"可怜的贝拉，她年少无知，怎知世情险恶，人心难测。噢，忧郁的贝拉！她说：'我的郎君顶天立地，定与我结为连理。'她陷入爱河，怎知自己爱上了薄情郎。她到他家里找他，怎知那薄情郎已卷铺盖离开。噢，忧郁的贝拉！她的房东太太说：'给我滚出去，臭婊子，我不会让你这种贱货，玷污我的门楣。'可怜的贝拉是多么辛酸难过，被一个薄情寡幸的人，欺骗了感情。

"整晚她就在雪地里流浪。她受了什么样的苦，没有人知晓。噢,忧郁的贝拉! 破晓日出之时,哎呀,哎呀,可怜的贝拉已经死了。这么年轻的她,就此香消玉殒,都怪那个薄情寡幸的骗子。

"所以你可明白,放纵情欲的下场,就是受到罪孽的折磨。噢,忧郁的贝拉! 他们将她埋在坟中。男人们都说:'哎,这就是生活。'但女人们都在低声甜甜地歌唱:'都是男人惹的祸,这群无耻的家伙!'"

或许这些歌词是一个女人写的。

唱这首歌的威廉和弗莱德是两个无赖,是那种让流浪汉声名狼藉的人。他们知道克罗姆利的牢头有一堆旧衣服,如果流浪汉有需要的话可以向他领取。在进班房之前威廉和弗莱德脱下他们的靴子,把接线处撕掉,将鞋底剪得破破烂烂的,几乎把两双靴子弄得没法穿了。然后他们申请要两双靴子。牢头看到他们的靴子的确很破烂,就给了他们两双几乎是全新的靴子。第二天早上还没出班房他俩就把这两双靴子卖了一先令九便士。他们把自己的靴子搞得几乎没办法穿,但他们似乎觉得这样还是很划算,因为能挣到一先令九便士。

离开班房后,我们一起朝南边进发,准备去下宾菲尔德和艾德山,队伍拉得很长,走得懒懒散散的。路上有两个流浪汉打了起来。之前他们已经吵了一整晚(干架的理由很傻帽,因为其中一个骂另一个是"牛屎",却被听成了"布尔什维克"①——这可是最要命的侮辱），两人跑到一块田里决斗。我们有好几个人留下来看热闹。有一件事情让我记忆尤深——被殴打的那个男人栽倒在地，帽子掉了下来，露出一头苍苍的白发。然后几个人上去劝架，制止了斗殴。帕迪询问他们到底为什么打架，原来真正的原因和以往的情况一样，只是为了价值几便士的食物。

我们很早就来到下宾菲尔德，帕迪到人家的后门找工作，以此消磨时间。在一间房子外面，主人家给了他几筐木柴，让他劈成柴火。他说他有个同伴在外面，然后把我带了进去，我们俩一块儿动手劈了柴火。活儿干好了，主人家吩咐女仆给我们泡茶。我记得她端出茶水时惊慌失措的模样。接着她吓坏了，把茶杯放在过道上，冲回屋子里，把自己关在厨房里。"流浪汉"这三个字一定把她吓坏了。主人家给了我们一人六便士，我们买了三便士面包和半磅烟草，还剩下五便士。

帕迪认为我们得把那五便士埋起来，因为下宾菲尔德的牢头被公认为是一名暴君，要是我们身上有钱的话，或许会将我们赶出去。流浪汉把钱埋起来是经常发生的事情。如果他们想把一大笔钱偷偷带进班房，他们会把钱缝在衣服里，当然，如果被逮到的话就意味着坐牢。帕迪和波佐都告诉过

---

① 英语中"牛屎"（Bull shit）与"布尔什维克"（Bolshevik）发音相似。

我关于这种情况的一个故事。有一个爱尔兰人（波佐说是爱尔兰人，而帕迪说是英国人）——他不是流浪汉，身上有三十英镑——来到一间小村庄，找不到地方寄宿。他向一个流浪汉求助，后者建议他去济贫院过夜。这是很正常的事情，因为一个人要是找不到地方睡觉的话，可以付一点钱去济贫院。但那个爱尔兰人自以为很聪明，想不掏钱就免费睡一晚上，于是到了济贫院他自称是个流浪汉。那三十英镑他已经缝在了衣服里面。而那个建议他到济贫院投宿的流浪汉看到机会来了，当晚悄悄向牢头请求第二天上午早点离开，理由是要去找工作。六点钟的时候他被放走了——顺便把那个爱尔兰人的衣服领走了。爱尔兰人投诉自己的衣服被盗，结果被判处三十天的监禁，罪名是提供不实信息入住收容所。

第三十五章

来到下宾菲尔德，我们在草坪上躺了很久，村子里的人都跑到自家前门看着我们。一位牧师和他的女儿走了过来，默默地盯了我们一会儿，似乎把我们当成了水族馆里的观赏鱼，然后走开了。总共有好几十个流浪汉在等候着。威廉和弗莱德也在那儿，仍然在欢声歌唱，还有刚才打架的那两个家伙和"伸手党"比利。他偷了好几家面包店，大衣下面藏了很多发馊的面包。他把面包拿出来分享，我们都很高兴。我们中间多了个女人，我见过的第一个流浪女。她大概六十岁，身材肥胖，衣衫褴褛，身上脏兮兮的，穿着一件长可及地的黑裙。她的态度非常高傲，要是有人坐得离她近一些，她会嗤之以鼻，移到远一点儿的地方。

有一个流浪汉找她搭话："去哪儿啊，这位小姐？"

那个女人哼了一声，望着远处。

"别这样嘛，小姐。"那个流浪汉说道，"开心点。别见外，大家同是天涯沦落人嘛。"

"谢了。"那个女人没好气地说道,"等我想和流浪汉混一块儿的时候我会告诉你的。"

我很喜欢听她说"流浪汉"时的咬字,似乎让你看到另一个活生生的灵魂,一个警觉的女性的灵魂,多年来的流浪生涯并没有让她堕落。她应该是个出身名门的寡妇,却因为造化弄人而沦落为乞丐婆子。

班房六点钟开门。今天是星期六,按照平常的做法,整个周末我们都得待在里面。至于为什么,我不知道,只是隐约觉得星期天意味着不愉快的事情会发生。登记的时候我说自己的职业是"记者"。这比"画家"更切合实际,因为有时我会撰写一些新闻稿挣点钱,但我这么做实在是太傻了,因为肯定会引来盘问。我们一进班房就被命令排好队接受搜查。牢头叫了我的名字。他大概四十岁,性情古板,有一股子老兵粗野的作派,不过看上去没有传说中那么横行霸道。他凶巴巴地问道:

"你们谁是布兰克①?"(我差点忘了自己填了什么名字。)

"我是,长官。"

"你是记者?"

"是的,长官。"我颤着声音回答。他再问我几个问题

―――――――――――――――

① 布兰克(Blank),有空白、空虚之意。

我就会露馅了，而后果就是进监狱。但牢头只是上下打量了我几眼，然后说道：

"这么说你是文化人了？"

"我想是的。"

他又久久地望了我一眼。"您的运气真是糟糕透了。"他说道，"真是糟糕透了。"在此之后他对我特别优待，甚至还很尊敬我。他没有搜我的身，在浴室里给了我一条干净的毛巾——这可是闻所未闻的优待。在一位老兵的心目中，"文化人"这个词具有莫大的魔力。

七点钟的时候我们已经把分到的面包和茶吞个精光，回到牢房里。我们一个人睡一间房，里面有床架和干草褥子，因此本来是可以美美地睡上一晚。但是，任何班房都有其缺点，而下宾菲尔德的这间班房的缺点就是冷。暖气管道坏了，而那两张毛毯只有薄薄的一层棉花，根本不顶用。现在只是秋天，但已是寒冷入骨。夜里十二个小时我们就躺在床上辗转反侧，刚睡着几分钟就被冻醒。我们没办法抽烟，因为虽然我们把烟草放在衣服里偷偷带了进来，但得到明天早上我们才能把衣服领回来。整条走廊老是传来痛苦的呻吟声，时不时还有人愤怒地吼叫咒骂。我猜没有人能好好睡上一两个小时。

到了早上，吃完早餐并接受完医生的检查后，牢头带着我们来到食堂，然后锁上了大门。房间里刷了石灰，铺着石砖地板，带着一股说不出的沉闷的感觉，摆了几件松木板家具和长凳，看上去就像监狱一样。窗户装了栏杆，而且设得很高，根本望不到外面。墙上没有任何装饰，只挂了一口钟和一张济贫院规矩的告示。我们紧挨着坐在长凳上，虽然才是早上八点钟，但我们已经觉得很无聊了。我们没有事情做，不知道说什么好，甚至没有地方走动。唯一的安慰是，只要不当面被抓到，我们可以偷偷抽烟。"小苏格兰"是一个毛发浓密的小个子流浪汉，说话的口音夹杂着粗俗的伦敦土腔和格拉斯哥口音。他没有烟抽，因为在接受搜查的时候，他那罐烟屁股从靴子里掉了出来，被没收了。我们俩共享一根烟卷，一听到牢头走过来，我们就赶紧再拼命吸上一口，然后把烟塞到口袋里掐灭，就像在学校里偷偷抽烟的小男孩一样。

大部分流浪汉得在这间一点儿也不舒服，毫无生机的房间里连续坐上十个小时，天知道他们是怎么忍受下去的。我的运气比他们好一些，因为十点钟的时候牢头会分配几个人去干活。他安排我去厨房里帮忙，这可是最美的差事。和那条干净的毛巾一样，这也是"文化人"才有的优待。

厨房里没什么需要帮忙的。我偷偷溜进一间用来储藏土豆的小棚，里面有几个济贫院的帮工在偷懒，逃避星期天上午的礼拜。里面有几口装东西的箱子，可以舒舒服服地坐下来，读一读过期的《家庭通讯报》，在济贫院的图书馆里甚至还有一本《莱福士》。那几个帮工兴致勃勃地聊起了济贫院的生活。他们告诉我在济贫院里他们最讨厌的就是那身带着一股子伪善味道的制服。要是他们能穿自己的衣服，就算只是戴顶自己的帽子或系条自己的围巾，他们也不会介意当帮工。我和他们一起吃了晚餐，这顿饭给一条蟒蛇吃都够了——是我自从在 X 酒店打工以来吃过的最丰盛的一餐。帮工们说他们总是在星期天吃到几乎撑死的地步，然后接下来的一星期都饿着肚子。吃完晚饭后厨师命令我去洗碗，吩咐我把吃剩的东西扔掉。浪费的现象非常严重，尤其是在这种地方，简直是骇人听闻。吃了一半的蹄髈、一篮篮支离破碎的面包和蔬菜，就这么和茶叶混在一起，当成垃圾扔掉了。这些还可以吃的食物我装了五个垃圾桶之多，而我倒这些食物的时候五十个流浪汉正坐在班房里，晚餐只吃了一丁点面包和芝士，还有星期天才能吃到的两个冷冰冰的水煮土豆，根本没有吃饱。据那些帮工说，倒掉这些食物是政策特别规定的，绝对不能留给那些流浪汉吃。

三点钟的时候我回到班房，流浪汉们从八点钟一直坐到现在，挤得几乎连手肘都抬不动，被闷得几乎快疯了。他们甚至连烟都没得抽了，因为他们抽的都是烟屁股，要是几个小时没到路上捡的话就没得抽了。大部分人无聊得连话也不愿说，就那样挤在长凳上，无神地发呆，打起呵欠来寒酸的脸几乎裂成了两半。整间屋子弥漫着倦怠无聊的气氛。

帕迪的背被坚硬的长凳硌得生疼，几乎都要哭了出来。为了消磨时间，我和一个看起来似乎高人一等的流浪汉搭话。他是个年轻的木匠，戴着领子和领带，据他所说，他没有干木匠活儿的工具，被迫流落街头。他与其他流浪汉有点疏远，觉得自己更像个自由职业者，而不是流浪汉。他读过书，随身还带着一本小说《惊婚记》。他告诉我要不是因为实在是太饿了，他是不会来班房的。他宁愿在篱笆下或草垛里睡觉。他沿着英国南部沿海一带乞讨，还曾好几个星期躲在公厕里睡觉。

　　我们聊起了流浪的生活。他大肆批评政府的体制，让流浪汉每天在班房无聊地待十四小时，另外十个小时在外面流浪，躲避警察。他说起了自己的经历——偷了价值几英镑的工具，结果被关押了六个月。他觉得这简直不可理喻。

　　接着我告诉了他济贫院厨房浪费食物的现象，还有我的想法。听到这件事他的声音立刻变了。我看到我激起了沉睡在每个英国工人心中的愤恨。虽然他和其他流浪汉一样在挨饿，但他立刻就想出了为什么食物宁可扔掉也不给流浪汉们充饥的理由。他严肃地对我说：

　　"他们必须这么做。"他说道，"要是他们把这些地方搞得太舒服，整个国家的人渣都会涌进班房。只有让伙食差一些，那些人渣才不会待下去。这里的流浪汉都太懒惰了，不肯干活，这就是他们最大的毛病。那些人可不值得可怜，他们都是些人渣。"

我提出争辩，想证明他是错的，但他不肯听。他不停地重复说："你用不着同情这些流浪汉——这些人渣。你不能用像你和我这样的人的标准衡量他们。他们是人渣，社会的渣滓。"

看到他执意认为自己与"这里的流浪汉"不能同日而语，我觉得很有趣。他已经流浪了六个月，但以上帝的名义，他似乎想说他还不是流浪汉。我想象着有许多流浪汉，他们都在感谢上帝让他们不至于成为流浪汉。他们本身就是流浪汉，却还在对流浪汉极尽刻薄之能事。

三个小时慢悠悠地过去了。六点钟的时候晚饭送来了，但根本吃不下去。面包在早上就很硬了（星期六晚上面包就已经切好了），现在硬得像船板。幸运的是上面洒了荤油，我们把蘸了荤油的那部分掰了下来，只吃那一部分，起码比什么都没得吃好一些。六点一刻的时候我们被勒令上床睡觉。新的流浪汉来了，为了不让不同日子来的流浪汉混在一起（以防传染病传播），新来的人被关到牢房里，我们则被关进宿舍里。我们的宿舍就像一座大谷仓，有三十张床，还有一个大缸，给所有人当夜壶，臭气熏天。那些老头子整晚咳嗽，老是起床撒尿。不过这么多人挤在一起让房间里多了几分暖意，我们总算可以睡上一觉。

早上十点钟体检完毕之后，大家各奔东西，带着一块面包和奶酪当作午餐。威廉和弗莱德挣了一个先令，顿时觉得不可一世，把面包插在班房的栏杆上——用他们的话说，以示抗议。他们的行为太过火了，以后再也不能入住，在肯特郡这已经是第二间了。对于流浪汉来说，他们俩真是一对活宝。那个低能儿(一群流浪汉里面肯定有个低能儿)说他累得走不动了，紧紧抓着栏杆不放，最后牢头狠狠地踢了他一脚，把他赶了出去。帕迪和我掉头往北，准备回伦敦。其他人则要去艾德山，据说那里是英国最差的班房*。

时下又是天高气爽的清秋，路上很安静，没有几辆汽车经过，只有我们两个流浪汉。闻够了班房里面夹杂着汗味、肥皂味和阴沟味的臭气后，我感觉空气就像石竹一样甘甜。这时身后传来匆忙的脚步声，有人在喊我们的名字。原来是那个流浪汉"小苏格兰"，正气喘吁吁地追在我们后面。他从口袋里拿出一个生锈的罐子，露出一脸友善的微笑，似乎准备偿还一笔债务。

"总算赶上你们了，兄弟。"他诚恳地说道，"我欠你一个人情呢。你昨天给了我一根烟。早上出来的时候牢头把这盒烟屁股还给我了。礼尚往来嘛——别客气。"

他把四个湿淋淋烂乎乎的恶心的烟屁股塞到我的手里。

---

* 奥威尔注：我到过那里一次，其实并不算特别糟糕。

第三十六章

在此我想说说对流浪汉大体上的感受。流浪汉是一种奇怪的社会现象，值得我们好好思考。在英国居然有数以万计的人就在国内像犹太人一样流离失所。虽然这件事值得我们好好思索，但首先我们要做的是克服心中的某些偏见。这些偏见源自一个根深蒂固的想法，那就是每个流浪汉事实上都是恶棍，从而在我们的心目中形成了对流浪汉的成见——他们不仅恶心，而且非常危险，宁死也不愿工作或洗澡，除了乞讨、酗酒和偷鸡摸狗之外啥都不肯干。其实把流浪汉妖魔化和杂志里把中国人抹黑的离奇故事一样都是虚构的，但一个人很难摆脱这种思维定式。只要提起"流浪汉"这个词就会勾起他的联想。而这个想法影响了他对于流浪问题的探究。

关于流浪有一个最本质的问题：为什么会有流浪汉呢？这是一个很有趣的问题，但很少人知道到底是什么原因使得一个人流落街头。而且由于对流浪汉的妖魔化想象，种种离奇的理由都想得出来。比方说，有人认为流浪汉之所以流浪是为了逃避工作，乞讨更容易，寻找机会犯罪，甚至——虽然这种事情不大可能发生——是因为他们喜欢流浪。我曾读过一本犯罪学的书，里面说流浪是一种返祖行为，是回归人类在游牧时代的本能。其实导致流浪的理由是那么明显，就在你的眼前。流浪当然不是什么游牧时代的返祖行为——你也可以说旅行推销是一种返祖行为。一个流浪汉之所以流浪，不是因为他喜欢流浪，而是出于与汽车必须靠左边行驶一样的原因：因为按照法律的规定他不得不流浪。一个沦为赤贫的人，如果没有得到教区的帮助，就只能到收容所寻求救济。而每间收容所只能让他待一个晚上，所以他只能不断地迁徙。他四处漂泊是因为按照法律的规定，他不这么做就得挨饿。但人们从小到大一直接受了妖魔化流浪汉的熏陶，因此他们认定流浪汉们之所以流浪，必定是出于或多或少邪恶的动机。

事实上，对于流浪汉的妖魔化根本经不起推敲。以广为人们所接受的"流浪汉都是危险人物"这个观念为例吧。撇开事实经验不谈，仅凭逻辑推理，一个人也可以笃定地说只有极少数流浪汉是危险人物，因为要是他们真的危险的话，人们早就把他们当作危险人物对待了。一间收容所一晚上要接纳上百名流浪汉，而往往最多只有三名门卫负责看守他们。三名没有武装的人员根本不可能控制上百个恶棍。事实上，当你目睹了流浪汉是如何被收容所的官员凌辱欺负时，你就会知道他们是最逆来顺受萎靡不振的可怜虫。再以"所有流浪汉都是酒鬼"这个观念为例——这个观念一听就知道十分荒唐。的确，许多流浪汉如果有机会的话会酗酒买醉，但事实上，他们根本没有这样的机会。现在那种叫做"啤酒"的淡如清水的酒精饮品在英国要卖七便士一品脱。要喝醉起码得花半克朗，而花得起半克朗的人怎么会是流浪汉呢。有一种观念认为流浪汉都是厚颜无耻的社会寄生虫（身强力壮的乞丐），这种观念根本是空穴来风，只有极少极少一部分流浪汉是这样。那种刻意为之、愤世嫉俗的寄生行为，就像杰克·伦敦①的小说所描写的美国式流浪与英国式流浪根本不是一回事。英国人是讲究良知的民族，对贫穷怀有深深的罪恶感。你绝对想象不到一个普通的英国人会故意变成寄生虫。这种国民性不会因为一个人失业而改变。事实上，只要你记住，流浪汉其实是失业的英国人，迫于法律不得不过着漂泊无依的生活，那么对于流浪汉的妖魔化想象便不攻自破了。当然，我不是在说大部分流浪汉都是道德上的完人，我只是想表明他们是普通人，如果他们真的比其他人卑劣，那是他们的生活方式造成的结果，而并非他们天性

---

① 约翰·格里菲斯·杰克·伦敦（John Griffith Jack London, 1876—1916），美国作家、记者，作品多描写人与自然的挣扎对抗，代表作有《海浪》、《野性的呼唤》等。

邪恶。

因此，一般人对流浪汉所抱有的那种"他们是罪有应得"的态度其实并不公允，就好比鄙薄残疾人一样。你了解了这一点，你才可以站在流浪汉的角度，理解他到底过着怎样的生活。那种日子极其无聊苦闷。关于收容所我已经进行了描述——那种生活是流浪汉的家常便饭——但有三桩特别的不幸需要讲述一番。首先，几乎所有的流浪汉都在挨饿。收容所提供的食物根本不足以果腹。要多吃一点就只能去乞讨——而这又是违法的行为。结果，几乎每个流浪汉都营养不良，你只要到任何一间收容所看看在外面排队的人就知道了。流浪汉生活的第二桩不幸——乍一看似乎没有第一桩那么可悲，但仔细一想并不是这么回事——就是，他们完全与女性没有接触。关于这一点需要解释一下。

流浪汉与女性没有接触，首先是因为在他们当中几乎没有女人。你或许会以为赤贫人口的男女比例和其他人群一样是均衡的，但情况并非如此。事实是，你可以说当社会阶层低贱到一定的程度时，其成员几乎都是男性。以下数字取自伦敦市政局在1931年2月13日的夜间人口普查，可以让我们了解一下赤贫人口的男女比例。露宿街头者，男60名，女18名。* 入住收容所及无牌寄宿旅馆者，男1 057名，女

---

* 奥威尔注：这组数字显然偏低，但男女的比例倒是真的。

137 名。投宿圣马丁教堂地窖者，男 88 名，女 12 名。入住伦敦市政局收容所和招待所者，男 674 名，女 15 名。

从这些数据中可以看到，在寄居慈善机构的人当中，男性与女性的比例大概是十比一。或许这是因为失业对女性的影响比起对男性的影响要小一些，或许是因为任何长相还过得去的女人可以找一个男人照顾他。对于一个流浪汉而言，结果就是，他永远都得忍受独身的折磨。这是理所当然的——一个流浪汉在身边的群体中根本找不到女人，而要找到那些地位比他高的女人——即使只是高出些许——可以说比登月还难。几乎没有女人愿意委身下嫁比自己穷的男人，个中原因根本无须探讨，没有任何疑惑。因此，当一个人流落街头时，他就注定要过独身的日子。他完全没有讨到老婆、情人或任何女人的希望——除非他能挣到几个先令，去嫖娼召妓——但这是非常罕见的事情。

显然，这种情况演变的后果就是同性恋和时而发生的强奸案。但比这更为深层的是一个男人知道自己根本不配结婚那种屈辱的感觉。性欲的冲动——无须将它拔高——是基本的人性冲动，性饥渴与肉体上的饥渴一样令人堕落疯狂。贫穷的不幸对一个人精神上的摧残不亚于对其肉体上的摧残。毫无疑问，性饥渴对这一腐化的过程起了推波助澜的作用。被断绝与女性的交往之后，流浪汉觉得自己似乎变成了与残疾人或疯子一样的人，再没有能比这更打击男性自尊的侮辱了。

第三桩不幸就是，流浪汉必须忍受无所事事的日子。按照我们针对流浪汉的法律所规定，如果流浪汉没有流落街头，那他就只能待在收容所里，要不然就是躺在地上等着收容所开门。显然这是让人十分泄气而又萎靡的生活方式，对于没有受过教育的人来说尤其如此。

除了这三点之外，你还可以列出许多小一些的不幸——在此只列举一桩，那就是和流落街头的日子密不可分的不适。我们得记住，一个流浪汉除了身上穿的那身衣服之外就没有别的衣物了，而且靴子很不合脚，一连好几个月没有坐过椅子。但重要的是，流浪汉所承受的折磨完全没有意义。他的生活艰苦得无以言状，而且失去了生存的目标。事实上，再没有能比从一间收容所走到另一间收容所，一天花十八个小时在牢房里或在路上行走更没有意义的事情了。英国至少得有好几万个流浪汉，每天耗费了无数尺磅①的能量——这些力气足以开垦上千亩土地，铺设好几英里的道路，建起好几十座房屋——却全部耗费在了无用的走路上。每一天这些人盯着牢房墙壁的时间加起来大概有十年之久。他们每个人每星期要花费英国一英镑的公帑，却完全没有作出回报。他们不停地玩着兜圈子这种无聊的游戏，对任何人

---

① 尺磅(foot-pound)，英制能量单位，指将一磅重的物体抬升一英尺所需的能量。

都没有好处。法律让这种事情日复一日地发生，而我们都已经习以为常，对此见怪不怪了。但这是非常愚蠢的事情。

我们已经知道流浪汉的生活毫无意义，问题是，我们能不能做点什么改善这一状况。显然这是可行的，比方说，让收容所变得更加适宜居住。而这种情况在某些地方真的正在发生。去年有的收容所已经有所改善——如果那些描写是真实的话，几乎可以用面目全非加以形容——而且据说所有的收容所都会进行修缮。但是这些并不是解决问题的关键。问题的关键是，如何将流浪汉从无聊的、浑浑噩噩的游民转变为自尊自爱的个体。仅仅让他住得舒服一些是不足够的。就算看守所变得十分豪华（这当然是不可能的事情）*，一个流浪汉的生活照样会荒废掉。他仍然是一个被救济的人，不能结婚，没有家庭生活，对社会毫无贡献。我们要做的是帮助他摆脱受救济的命运，而要做到这一点，就只能帮他找到一份工作——不是为了工作而工作，而是他可以从中受益的工作。目前在大多数收容所里，流浪汉们无所事事。有一度他们被命令去碎石，以此挣口饭吃，但后来他们捣碎的石头几年都用不完，还使得碎石工人失业了，于是碎石工作只能叫停。现在流浪汉们在收容所里游手好闲，因为似乎没什么可

---

* 奥威尔注：平心而论，我必须补充说明，近来确实有几间收容所得到了改善，起码睡觉时舒服了一些。但是，大部分收容所还是和以前一样，而且在伙食方面并没有真正的改善。

以让他们干的。其实要他们变成有用的人很简单：每间收容所可以办一个小型农场，或至少经营一个蔬果园，每个到那里寄宿的身强力壮的流浪汉必须干一天活儿。农场或田园的收成可以供应给流浪汉作为伙食，再差也比吃面包和人造黄油加茶水好。当然，收容所不大可能实现自给自足，但它们可以朝这个方向努力，或许从长远的角度看会带来好处。我们必须记住，在当前的体制下，流浪汉们对国家和社会根本没有一点贡献，因为他们不仅没有工作，而且他们的饮食注定会摧毁健康。因此，现在的体制不仅在赔钱，而且还在害命。让他们吃得好一些，同时让他们能生产出至少一部分供自己享用的粮食，应该值得尝试一下。

有人或许会反对说，靠流浪汉的劳动根本不足以经营农场或田园。但谁说流浪汉们只能在每间收容所里待一天呢？如果他们可以在里面工作的话，他们可以待上一个月，甚至一年。流浪汉不停地迁徙在很大程度上是人为的结果。目前流浪汉是社会的负担，因此每间收容所的目的是将他们赶到下一间收容所那里去，因此政策规定他只能待一个晚上。而要是还没过一个月他又回来的话，他会被判入狱一个星期。由于收容所里的生活和蹲监狱差不多，他当然会不停地迁徙。但如果他能为收容所提供劳动，而收容所能为他提供好的伙食，情况则另当别论。收容所可以发展成半自给自足的机构，流浪汉们在各个收容所安定下来各尽其能，那他们就不再是流浪汉了。他们将作出相对有意义的贡献，换取像样的食物，过上安定的生活。如果这个计划运作良好的话，渐渐地他们就不需要社会的救济了，可以结婚，在社会上享有受人尊敬的地位。

这只是一个粗略的想法，一定会遇到许多反对意见。但是，这确实是改善流浪汉的处境又不至于增加新负担的法子。不管怎样，最终的解决方案应该就是类似这样的举措。因为当前的问题是，对于那些衣食无着、无所事事的人，该拿他们怎么办？答案就是——让他们努力劳动，实现丰衣足食。这是不言自明的道理。

第三十七章

现在谈一谈无家可归的人在伦敦睡什么地方。目前在伦敦根本找不到一晚低于七便士的床位。如果你付不起七便士换个床位，你就只有下面这些出路：

一、到河堤路露宿。帕迪曾向我讲述过在河堤路露宿是什么滋味：

"一言以蔽之，在河堤路露宿就是要早点睡。你得在八点钟的时候就躺在长凳上，因为那里长凳不多，有时全都被占了。你得争取早点睡觉，因为过了十二点就冷得睡不着，而凌晨四点钟警察就会把你赶走。要睡着可不是件容易的事情，因为那些该死的电车一直从你身边经过，而且河对岸的高空广告牌总是明灭不定，晃得你眼花。并且那里冷得要命，睡在那里的人都会拿报纸把自己裹得严严实实的，但也不起什么作用。要是你能睡上三个小时，你就他妈的算走运的了。"

我曾在河堤路露宿过，发现情况和帕迪的描述一致。不过，比起整晚在别的街道上游荡，连觉都没得睡，在河堤路露宿要好得多。根据伦敦的法律规定，你可以整晚在长凳上坐着，但如果警察看到你睡着了，他们就会把你赶走。只有河堤路和一两个偏僻的角落（吕克昂戏院后面就有一个）是例外。这条法律显然是故意在为难流浪汉，据说是为了防止流浪汉暴毙街头，有碍观瞻。但如果一个人无家可归，注定会死在大庭广众之下，醒着死或睡着死又有什么区别。巴黎没有这样的法律。在塞纳河的每座大桥下、门道里、广场的长凳上、地铁站的通风管道中，甚至地铁站内都有许多人在露宿。这对社会并没有造成伤害。要不是出于无奈，谁愿意整晚流落街头。要是他只能流落街头，如果他睡得着，让他好好睡一觉又有何妨？

二、睡两便士落脚点，这比在河堤路露宿要舒服一些。在两便士落脚点，租客们在长凳上，坐成一排，身前拉了一条绳子，他们就靠在绳子上，就像靠在栏杆上一样。一个被戏称为"男仆"的人早上五点钟的时候就把绳子剪掉。我自己从未去过那种地方，但波佐经常到那里去。我问他那么一个姿势能不能睡着，他说其实那样睡要比听起来舒服一些——至少要比睡光秃秃的地板好。巴黎也有类似的落脚点，但收费只要两毛五（半个便士），不用给两便士那么多。

三、睡棺材店，一晚四便士。在棺材店你睡在一口木匣子里，上面盖了一层柏油帆布，里面冷得要命，更糟糕的是，还有很多虫子，而你躺在木匣子里面，根本无从逃避。

比睡棺材更舒服的是寄宿旅馆，收费每晚从七便士到一先令一便士不等。最好的地方是罗尔顿旅馆，那里的收费是一先令，你睡的是小隔间，而且可以舒舒服服地洗个澡。你还可以付半个克朗，享受"特别房间"，基本上就像住在酒店里一样。罗尔顿旅馆装修都很不错，唯一的缺点就是约束太严。那里有很多规矩，不准做饭、打牌等等。罗尔顿旅馆总是人满为患，或者这就是最好的广告宣传。布鲁斯旅馆的收费是一先令一便士，条件也相当优越。

从卫生干净的角度看，救世军旅馆会是你的第二选择，收费大约是七八便士。各间救世军旅馆的情况不同（我住过一两间，那里和普通的寄宿旅馆有比较大的差别），但大部分都很干净，而且有蛮不错的浴室，但你得另外付钱才能洗个澡。付上一先令，你可以住小隔间。八便士一晚的宿舍床铺挺舒服的，但里面实在是太拥挤了（通常房间里起码有四十张床），而且床摆得很近，要安安静静睡一晚上几乎是不可能的事情。住救世军旅馆有许多限制，就像坐牢一样，又弥漫着伪善的气息，只有那些讲究干净的人才会去住。

接下来就是普通的寄宿旅馆。无论你付的钱是七便士还是一先令，房间都那么拥挤嘈杂，床铺一律都很肮脏不适。但住在这里的好处是放任自由的氛围和温暖如家的厨房。你可以整天整晚都坐在厨房里面，虽然里面脏了点，但可以和其他人交流攀谈。据说给女人住的寄宿旅馆比给男人住的寄宿旅馆更加糟糕，很少有旅馆为已婚夫妇提供住宿。事实上，对于无家可归的已婚夫妇来说，分居不同的旅馆是司空见惯的事情。

目前在伦敦至少有一万五千人蜗居在寄宿旅馆里。对于一个没有结婚、每周挣两英镑或更少的人来说，住寄宿旅馆很方便。他很难找到这么便宜的地方，而且在寄宿旅馆里他可以开火做饭，能有地方洗澡，还能与别人交往。至于地方肮脏，那只是一点瑕疵而已。寄宿旅馆真正的缺点是，它们是你付钱睡觉的地方，但想要睡个好觉却是不可能的事情。你花了那点钱，得到的就是一张五英尺六英寸长两英尺六英寸宽的床铺、一条硬邦邦的床垫、一个硬如木头上面套了枕套的枕头和两条灰不溜秋、臭气熏天的被子。冬天床上会有毯子，但根本不足以御寒。房间里起码会摆放五六十张床，间隔只有一两码远。在这种情况下根本没有人能睡得着。只有在兵营和医院里人们才会这么拥挤地睡觉。到了医院的公共病房没有人能指望睡得踏实，而在兵营里，士兵们住得也很挤，但他们的床很舒服，而且他们都很健康。在寄宿旅馆里，几乎所有的住客整晚都在咳嗽，许多人膀胱不好，整晚都会起来尿尿。结果就是无休止的吵闹，根本无法入睡。据我的观察，住寄宿旅馆的人每晚睡觉时间不超过五个小时——付了七便士或者更高的价钱，真是亏大了。

要改善这种情况，立法或许会有帮助。目前伦敦市政局对出租旅馆有种种规定，但都不是为了住客的利益着想。伦敦市政局只是拼了命地禁止酗酒、赌博、打架等不良行为，没有规定说寄宿旅馆的床铺必须舒适。要做到这一点其实并不难——至少要比禁止赌博容易得多。经营寄宿旅馆的老板应该被勒令提供足够的床单和好一点的床垫；最重要的是，要把宿舍隔成小隔间，面积小一点没关系，要紧的是让住客睡觉时能独自一人。只要这些变更能得以实施，住客的睡眠质量将得到显著提高。让寄宿旅馆的舒适程度赶得上其收费水平并非做不到的事情。在格罗伊顿的市立寄宿旅馆，那里的收费只要九便士，住的是小隔间，睡的是舒服的床铺，还有椅子（在寄宿旅馆这称得上是罕见的奢侈品），而且厨房是在地上，而不是开设在地下。每间寄宿旅馆都应该达到这一标准。

当然，大体上，寄宿旅馆的老板会反对任何条件的改善，因为他们现在的经营利润相当丰厚。平均算起来，每间寄宿旅馆一晚上的营业收入是五到十英镑，而且没有坏账（拖欠房租是严令禁止的），除了租金之外其它支出并不多。改善居住条件意味着住客的密度降低了，因此利润也就少了。但是，格罗伊顿那间条件非常好的市立寄宿旅馆证明了一个人出九便士可以享受到什么样的待遇。几条规定明确的法律条文就可以使这些条件普及开去。如果市政当局真的关心寄宿旅馆问题的话，他们应该先让这些寄宿旅馆变得舒服一些，而不是对其进行种种无聊的限制，而这些限制是根本无法推行的。

第三十八章

离开下宾菲尔德的班房后，我和帕迪到某人的花园里除草和扫地，挣了半克朗，当晚在克罗姆利过夜，然后再步行回伦敦。两天后我和帕迪道别。B君最后一次借了我两英镑，而我只需要再坚持八天，我的麻烦就可以结束了。我那位痴呆学生情况要比我原来想象的更加糟糕，但还不至于糟到令我宁愿回班房或回贾汉·科塔德客栈当小工的地步。

帕迪出发去朴次茅斯，他在那里有个朋友，或许能帮他找到一份工作。我们俩从此再也没有谋面。前不久有人告诉我他出了车祸去世了，不过或许是那个人把他和别人搞混了。三天前我还听到了关于波佐的消息。他在旺兹沃思——因乞讨罪被判坐牢十四天。我猜想进监狱对他来说并不算什么大不了的事情。

我的故事就讲到这里。这是一个很平淡无奇的故事，我只能希望它像游记一样让读者感到有趣。至少我可以说，要是你身无分文，这就是等候你的世界。终有一天我会更全面地去了解那个世界。我希望能了解像马里奥、帕迪和伸手党比尔这样的人，不是萍水相逢的点头之交，而是深入地了解他们。我想了解小工、流浪汉和河堤路露宿者这些人的精神世界。但到目前为止，我觉得自己只了解到贫穷那浅显的一面。

挨穷的经历让我学会了几件事情：我不会再认为所有的流浪汉都是酗酒无度的流氓地痞；我不会再认为当我施舍一个乞丐一便士时他会感恩戴德；我不会为那些失业的人总是萎靡不振感到大惊小怪；我不会去救世军机构求助；我不会把衣服当掉，我不会拒绝别人向我派发传单；更不会去时髦的餐馆吃饭。一切才刚刚开始。

作品题解

背景介绍：

    1927年，奥威尔辞去英国驻印度皇家警察的职位，立志要成为一个作家。同年底，奥威尔搬到伦敦，为几份报刊撰写文章，同时在伦敦和周边地区调查流浪汉的生活状况，为撰写杂文《班房》收集素材，而这些内容也用在了《巴黎伦敦落魄记》的后半部分中。1928年春天奥威尔客居巴黎，因为那里较低的生活成本和波希米亚式的生活方式吸引了许多有志于创作的青年人。他生活在巴黎的拉丁区，美国作家海明威和菲茨杰拉德当时也住在同一区。而俄国十月革命后，许多俄国流民也来到巴黎避难。在巴黎期间，奥威尔继续写书，并在先锋派杂志发表了几篇文章。

    1929年3月，奥威尔患病，而且不久后他放在寄宿旅馆里的钱物被偷走了。为了生计，他到一间餐馆当洗碗工。1929年8月，《班房》被伦敦的《艾德菲报》刊登发表。1929年2月，奥威尔离开巴黎，回到英国，与父母在南沃尔德一同居住，为一个残疾小孩担任家庭教师。1931年八九月间，奥威尔曾到肯特郡干采摘啤酒花的工作。《巴黎伦敦落魄记》的原本取名为《一个洗碗工的日记》，完稿于1930年，材料只限于巴黎的经历。屡次投稿未被采纳后，奥威尔对这部作品非常失望，将打印的手稿丢弃在朋友美宝·菲尔兹家中，后者将手稿拿给文稿代理人列奥纳德·摩尔，投给新成立的维克多·戈兰兹出版社，老板维克多·戈兰兹决定出版此书，但条件是将文中粗俗的字眼和人名的影射删掉，并模仿《双城记》增加伦敦的内容，将书名改为《巴黎伦敦落魄记》，并定下笔名乔治·奥威尔，以免家人因为看到他以"流浪汉"的身份生活过的经历而蒙羞。《巴黎伦敦落魄记》于1933年1月9日出版，并得到多位知名作家如戴伊·刘易斯、约翰·博伊顿·普雷斯利、威廉·亨利·戴维斯的正面评价。1933年6月30日，美国的哈珀斯兄弟出版社也出版了该书。1935年5月2日，法国的伽里玛出版社出版了热内-诺尔·兰博特与格温·吉尔伯特翻译的法文译本，奥威尔撰写了序文。

内容梗概:

第一部分（巴黎落魄记）

金鸡大街两个女人的争吵拉开了巴黎贫民窟生活的序幕。奥威尔介绍了这里的生活百态：贩卖假春宫图的罗吉尔夫妇、外表斯文却有暴力倾向的查理、清醒时是国际主义者酒醉时是爱国主义者的福雷克斯等。由于一个意大利小偷光临旅社，主人公只剩四十七法郎度日，而且兼职英语教师的工作也无以为继，主人公开始体验到了贫穷生活的滋味（只能买圆面包而不是长面包，因为前者容易隐藏带进房间；价值二十英镑的衣服只能当七十法郎；吃了一个星期的人造黄油和面包后，感觉似乎成了行尸走肉）。在绝望的边缘，他想到了在豪华酒店担任服务员的俄国朋友波里斯，希望他能带携自己当个洗碗工。但波里斯混得比他还要惨，由于腿疾，他一直失业，而且沦落到靠一个欠他钱的犹太人收留的地步。两人当掉了波里斯的衣服和两件大衣，搬家逃避房租，还曾与号称是俄国共产党的人打过交道，交了五法郎介绍费，以为可以当上通讯记者，但对方很快就人走楼空，奥威尔的结论是：他们是职业老千，专门诈骗俄国人的钱。

经过无数次奔波和失败后，波里斯在Ｘ酒店找到了一份厨房小工的工作，并接济主人公，直到介绍他同进酒店当小工，挨穷的日子才终于宣告结束。接着，作者描写了Ｘ酒店的"经理—厨师—服务员—小工"微型社会阶层和忙碌冗长的工作流程。小工的生活只有工作、吃饭、睡觉，根本没有机会改变自己的命运，没有机会成家立业，只能以酗酒召妓为乐，麻醉自己的心灵。波里斯通过老乡关系找到了一份在俄国餐厅当服务员的工作，让主人公同去帮忙，结果，那里的环境和工作强度比Ｘ酒店更加恶劣，"每天工作十八个小时，全周无休"，而这种情况在巴黎实属稀松平常。那间俄国餐馆管理混乱，邋遢肮脏，却凭着粗制滥造的乡村风格装修和子虚乌有的历史漫天要价，甚至得到了法国人的认可，让主人公对号称美食之都的巴黎极度失望。

最后，主人公试图解释厨房小工这一工作存在的意义：就像东方国度的黄包车夫或拉车的老马，只是为消费者提供了自以为奢华却毫无意义的所谓"享受"，而且上层阶级刻意让下层大众保持长时间的工作状态，无暇思考，无暇改变命运。

第二部分《伦敦落魄记》

主人公向英国的朋友 B 君求助，找到了一份家庭教师的工作，回到英国。但那个学生出国度假，暂时工作没有着落。向 B 君借了二英镑后，主人公开始了在伦敦周边流浪的生活。他先是在最廉价的寄宿旅馆居住，然后接受教堂和救世军等机构的施舍，最后入住政府开设的收容所（在书中被称为"班房"）。在主人公的笔下，一个个可怜兮兮的穷苦人形象跃然纸上：喜欢观星的街头画家波佐、到教堂吃免费餐却毫不感恩的流浪汉、知恩图报执意要归还烟屁股的"小苏格兰"等。主人公还对迫使流浪汉们不停迁徙的现行体制进行了思考：流浪汉不得在一个月内在同一间收容所投宿两晚，否则会被判入狱一周。如果能改善这一制度，让流浪汉们自食其力，或许能让他们重拾自信。最后，主人公的学生回来了，巴黎和伦敦的落魄生活终于宣告结束。

相关信息：

《巴黎伦敦落魄记》是一部基于真实事件的自传体文学作品。奥威尔在1935年出版的法文译本序文中写道："我认为我可以说我并没有夸大其词，要说有的话，所有的作家都会对材料进行选择从而夸大某个部分。我认为我并不一定非得严格地按照事情的发生顺序去写，但我所描写的一切确实曾经发生过。"

根据奥威尔第二任妻子索尼娅·奥威尔所说，奥威尔在1929年秋工作过的酒店是法国巴黎的克里雍酒店。在《巴黎伦敦落魄记》法文译本出版一个月后，一位餐厅老板汉博特·波森蒂写信向《泰晤士报》投诉，表示这本书有损餐馆业的声誉且影响经营。奥威尔向《泰晤士报》致信表示："我确实知道，酒店餐馆里的有些地方一定不能让顾客看到，否则他们绝对不肯继续光顾。"

译者评论：

《巴黎伦敦落魄记》的筹划与撰写虽然晚于《缅甸岁月》，却是奥威尔正式出版的第一部纪实性作品。对英国殖民体制感到彻底厌恶绝望后，奥威尔的文学梦在几经挫折的情况下终于首度得到文学界的认可。巴黎和伦敦的经历可以看成是奥威尔为自己曾经为殖民体制服务的忏悔和救赎之旅。奥威尔是社会主义体制的忠实信徒，就像《一个牧师的女儿》中桃乐丝以自我戕害作为坚定对上帝信仰的方式一样，或许奥威尔刻意选择流浪和挨穷是对自己能否坚持贯彻社会主义理想的考验。巴黎和伦敦作为资本主义世界的最繁华之地，社会底层的贫穷和困顿令人触目惊心。由于没有系统的经济学或政治学的教育和学术视野，奥威尔对社会劳动现象的解释和帮助流浪汉自立的解决方法未免流于表面：废除只是单纯收容流浪汉和维持他们不至冻馁而死但任凭他们意志消沉沦为行尸走肉的福利体制，取而代之以为流民提供小块土地进行耕种，帮助他们自食其力，获得自信并成为对社会有贡献的个体。当时的英国奉行工业立国和出口富国，但新兴资本主义国家的崛起（美国、德国、日本等）正逐步蚕食英国的海外殖民地和海外市场，失去这两大板块所提供的就业机会，再加上资本主义体制的痼疾，大规模失业是无法避免也难以解决的。但奥威尔愿意深入社会底层，与劳苦大众平等相待的真诚态度在英国左翼文学作家中实属另类，也正是这份精神，使《巴黎伦敦落魄记》读来分外真实，引起读者的共鸣。

George Orwell

Down and Out in Paris and London

图书在版编目(CIP)数据

巴黎伦敦落魄记/(英)乔治·奥威尔
(George Orwell)著;陈超译. —上海:上海译文出
版社,2023.6(2024.7重印)
(译文经典)
书名原文:Down and Out in Paris and London
ISBN 978-7-5327-9323-5

Ⅰ.①巴… Ⅱ.①乔… ②陈… Ⅲ.①纪实小说-英
国-现代 Ⅳ.① I561.45

中国国家版本馆 CIP 数据核字(2023)第 076673 号

巴黎伦敦落魄记
[英]乔治·奥威尔 著 陈 超 译
责任编辑/宋 金 装帧设计/张志全工作室

上海译文出版社有限公司出版、发行
网址:www.yiwen.com.cn
201101 上海市闵行区号景路 159 弄 B 座
苏州工业园区美柯乐制版印务有限责任公司印刷

开本 787×1092 1/32 印张 8.5 插页 5 字数 123,000
2023 年 6 月第 1 版 2024 年 7 月第 3 次印刷
印数:8,001—11,000 册

ISBN 978-7-5327-9323-5/I·5813
定价:58.00 元